THE DINNER

HERMAN KOCH

〔荷〕荷曼·柯赫 —— 著　朱雁飞 —— 译

命运晚餐

湖南文艺出版社
HUNAN LITERATURE AND ART PUBLISHING HOUSE

博集天卷
CS-BOOKY

THE
DINNER

**HERMAN
KOCH**

目　　录

命运晚餐 ———————— *THE DINNER*

好人艾迪：

快啊，丢一块钱。

粉先生：

我不给小费。

好人艾迪：

你不给小费？

粉先生：

不，我不相信这一套。

——昆汀·塔伦蒂诺《落水狗》

开胃酒

1

我们要去餐厅用餐。至于是哪一家餐厅，我现在不会透露，否则，很可能在我们下次拜访时，餐厅就会人满为患，因为他们想瞧瞧我们是否又去那里用餐了。是赛吉订的位，预订的事总是由他处理。这是一家需要提前三个月打电话预订的餐厅——又或是六到八个月？哎呀，我也说不清了。我不是那种在三个月前就知道自己在三个月后的某一天要在哪里用晚餐的类型，但是很显然，确实有这样的人存在，对他们而言，这完全不是问题。我突然想到，如果几百年之后的历史学家想知道人类在二十一世纪初时是多么落后，那么，他们只需要瞥一眼所谓的顶级餐厅的电脑，在那里面，所有的细节都会有记录。假如 L 先生上次已经做好准备花三个月的时间来等一张靠窗的桌子的话，那么，现在他得花五个月的时间来等一张厕所边的小吧台。诸如此类的事，在这样的餐厅被称为"客户资料维护"。

赛吉从不提前三个月订位。他是当天订的。这对他而言，用他自己的话说，是一种运动。有那么些餐厅，总是会为像赛吉·罗曼这样的人留位。而这家，我得说，就像众多其他餐厅一样，正是其中之一。也许在这整个国家根本找不到一家餐厅，它的服务生在电话里听到罗曼的名字不会大吃一惊的。当然，电话不会由他亲自来打，这样的事自然是交给他的秘书或关系最密切的同事处理。"别担心，"我几天前跟他通电话时，他这样安慰我，"那里的人都认识我，我来给咱们安排位子。"我只是随口问了问，我们是否需要再次打电话确认，万一没有位子的话我们要去哪里。电话那头的语调中显出了一丝同情，我简直能清楚地看到他摇头的样子——一种运动。

对于有些事，我今天真的毫无兴趣。比如当赛吉·罗曼像一位老主顾般接受餐厅老板或主管的殷勤接待，然后由一名服务生领到靠花园一侧的最好的位子时，我可真不愿意在场。而他总是表现得似乎这一切都再正常不过，仿佛他的内心最深处一直就是一个普通人，一个身处众多普通人中感觉尤其良好的普通人。

因此，我建议我们在餐厅碰面，而不是像他提议的，先在拐角处的一家酒馆碰面，一家同样有很多普通人光顾的酒馆。我完全能想见那样的场景：赛吉·罗曼，作为一个普通人，脸上带着意味深长的微笑踏进酒馆，让普通人继续交谈，就当他不存在。对这样的场面，今夜的我无心欣赏。

2

餐厅离我们这儿只有几条街，所以我们想步行前去。这样一来，我们就路过了那家本要与赛吉碰头的酒馆。我搂着妻子的腰，她的手则搭在我的夹克下方。酒馆门口上方挂着店家卖的桶装啤酒的广告牌，闪着温暖的红白色灯光。"我们来得太早了，"我说，"或者说得好听一点，如果我们现在就去餐厅的话，那我们就太过准时了。"

我妻子，哦，或许我不该这样称呼她。她叫克莱尔。她的父母给她起名叫玛丽·克莱尔。但是不知何时起，克莱尔不想再叫一个听上去与女性杂志[1]无异的名字，所以有时候我故意叫她"玛丽"来作弄她。但是我很少称她"我妻子"，只是偶尔，在一些正式的场合，比如在这样的句子中："我妻子这会儿正巧不在电话旁。""我妻子十分确定她订了一间海景房。"

像今天这样的夜晚，我和克莱尔都会尽情地享受我们的二人时光。就像现在这样，似乎所有的一切都未确定，就连晚餐之约也只是一个误

---

[1] 此处指《嘉人》（*Marie Claire*）杂志。

会，而我们就这样简简单单地两个人走在街上。如果让我定义幸福，那一定是：幸福本身就已足够，无须任何见证。"幸福的家庭都是相似的，不幸的家庭各有各的不幸。"托尔斯泰的《安娜·卡列尼娜》的开篇第一句这样写道。我最多可以再补充一句：不幸的家庭——尤其是那些不幸的夫妇——永远不可能独自应付不幸。他们需要的就是见证，人越多越好。不幸的人总是求援于社会，因为他们无法忍受沉寂——尤其是那种当他们独自一人时就会涌来的令人讨厌的沉寂。

在酒馆里，当啤酒被呈上时，我与克莱尔含笑相视，彼此都明白，接下来，我们即将在罗曼夫妇的社交圈中度过这个夜晚。因此，这一刻可能是今晚最美的一刻，之后只会越来越糟。

我其实没有兴趣在那家餐厅用餐，甚至根本都不想外出。接下来的约会对我而言简直就是折磨，而这个夜晚就是炼狱。一切的不幸，从早上站在镜子前就开始了：我该穿什么？该不该剃须呢？对于这样的一个夜晚，一切早已确定：一条带窟窿与污渍的牛仔裤和一件熨得笔挺的衬衣。如果你一天不剃须，那是你太懒；如果两天不剃，就不免会碰上这样的问题——这胡须是不是已经成为新形象的一部分了；如果是三天甚至更多天都不剃，那么人们便会认为你离彻底不修边幅、自暴自弃只有咫尺之遥了："你一切都还好吗？是病了还是另有原因？"无论剃与不剃，你都会觉得不自在。剃须已然成为一种声明。如果有人某一天费心地去打理自己的胡须，那么那个夜晚对他一定相当重要——人们的这种想法完全可以被清楚地透视。也就是说，谁勤于剃须，谁在开场就已抢占先机。

此外，克莱尔的存在也提醒着我，这是一个不同寻常的夜晚。克莱尔比我聪明。我这样说，并不是假心假意地在发表什么女权主义宣言，或是想通过阿谀奉承来讨女性的欢心；我更不会贸然断言女人"普遍"比男人更聪明，或是更敏感、直觉更敏锐，又或者她们更加脚踏实地，以及诸如此类的废话。这些话，放在日光下仔细观察观察，便不难发现，它们的传播者其实更多的是那些所谓的纤细敏感的男人，而非女人。

克莱尔确实比我聪明。我诚恳地坦白，我是花了不少时间才肯承认这一点的。在我们刚开始相处的几年里，我就发现她绝对是聪明的，当然是通常程度上的聪明；说到底，就是完全符合我对一个女性的聪明程度的期待。话说回来，如果是个愚蠢的女人，我怎么可能跟她维持超过一个月？无论如何，克莱尔的聪明程度足以让我和她维持至少一个月。而现在，过了近二十年，我们仍然在一起。

总之，克莱尔是比我聪明，这一点显见于以下例子：一天晚上，也是像今天这样的晚上，她一直问我的意见，到底该戴哪副耳环，到底该不该把头发束高。耳环之于女人大抵如同剃须之于男人：耳环越大，意味着这个夜晚越重要、越盛大。克莱尔有迎合各种时刻的耳环。有人可能会说，在挑选衣服时是否犹豫不决，并不能直接证明一个人聪明与否。但对此，我有不同看法：恰恰只有愚蠢的女人才会认为，这件事情她完全可以自己搞定。她会想，这种事男人懂什么？然后就会做出错误的决定。

有时我会试着去想象，当芭比问赛吉类似的问题时，会是怎样一番情景：她穿的礼服是否合适，她的头发是否太长，脚上的鞋子赛吉觉得如何，鞋跟是不是太矮或太高？

但是不知何故，在这样的想象过程中，总是会出现些不可名状的问题，让这种想象无法顺利完成。我仿佛听到赛吉说："不，这恰到好处！"然而实际上，他只是半心半意地答话，对此他并非真正感兴趣。再者，就算他的妻子穿错了衣服，当她经过别人身边的时候，所有的男人也还是会围着她转。反正穿什么都合适，她还想怎样？

再回到酒馆。这不是家什么流行酒馆，这里没有所谓的潮人——用米歇尔的话说就是"不够酷"。平民显然占了大多数，他们没有特别老或特别年轻，各色人混杂在一块儿，但总体来说都是普通人。其实所有的酒馆都应该如此。

这儿非常之热闹，我们紧紧地挤在一起，挤在男厕门边。克莱尔一手执着酒杯，一手轻柔地挽着我的手腕。

"我不知道，"她说，"可是最近我总是觉得米歇尔有点古怪，也许不是古怪，但的确与平常不太一样，好像有所保留，你不觉得吗？"

米歇尔是我们的儿子，下周他就十六岁了。他是我们唯一的孩子。当初我们并没有打算只要一个孩子，可也不知是何时，我们想再要一个，却已经太晚了。

"是吗？可能吧。"我答道。

我不能看克莱尔的眼睛，因为我们彼此都太了解，如果我看着她，我的眼睛一定会露出破绽。因此我装着环顾四周，又或者表现出正对那些普通人热闹的表演兴趣盎然的样子。我庆幸自己坚持要在餐厅与罗曼一家碰面；不然，我想象着，他推开弹簧门，走进酒馆，脸上的一抹谄笑似乎在对别人说：你们继续，不用理我。

"他没跟你讲什么吗？"克莱尔问道，"我只是想，他跟你也许会聊一些跟我聊的不一样的内容。也许聊点关于女孩的事？或者聊点他对你会比较容易开口的事？"

我们得向旁边挪一挪，因为男厕的门开了，我们因此移得更近了些。我能感觉到克莱尔的啤酒杯和我的啤酒杯相碰。

"是不是跟女孩有关？"她又问道。

天哪，如果真是这样，我就无法忍住不想了。关于一个女孩……哈哈，这倒是件好事，超级正常的青春期那点事。"今晚香塔尔／梅丽尔／罗斯能在这儿过夜吗？""她的父母知情吗？如果香塔尔／梅丽尔／罗斯的父母没有意见的话，我们当然也可以。只要你想到……只要你注意……你知道的啦，就不需要我再提醒你了，对吧，米歇尔？"

我们家经常有女孩子出入，一个比一个漂亮，她们窝在沙发上或者餐桌旁，当我回到家的时候会礼貌地问候我："您好，罗曼先生！""你不需要用您来称呼我，我叫保罗。"然后她们就会叫我一声"保罗"，但只此一次，隔个几天她们又会称呼我"您"或者"罗曼先生"。

有一次，我接到其中一个女孩的电话。在我问她要不要叫米歇尔来听电话的同时，我闭上眼睛，试着将电话另一头那女孩的声音（她很少报她的名字，而是开门见山就问："米歇尔在吗？"）和她的脸对应起来。"不，真的不用了，罗曼先生。只是因为他的手机关机了，所以我试试看这个号码。"

有一回我走进房间时，感觉我好像撞见他们在做什么事，米歇尔和香塔尔，还是梅丽尔，又或是罗斯。也许他们并不像我表面看到的，正在天真无邪地观看 MTV 频道的《精彩生活》，也许他们已经忙活了一通，也许当他们听到我回来的声音，就匆匆整好了衣衫和头发。一定有什么事——让人激动的事，至少我是这样觉得的——让米歇尔的脸通红。

不过老实说，我对此真的一无所知。也许真的什么也没发生，那么多漂亮女孩大都是把我的儿子当成好朋友：一个可爱的、相当帅气的男孩，一个她们十分愿意与其一同现身舞会的男伴——一个可信的男孩，因为他不是那种一见到女孩就会立刻想到男女之事的类型。

"不，我不觉得是跟女孩子有关。"我直视着克莱尔说道。所有的一切如同一本摊开的书——这真是不幸。但如果我继续逃避她的眼神，那么她就会肯定地认为确实有事——跟某个女孩有关，甚至更严重的事。

"我更相信是跟学校的事有关，"我说，"考试周刚过，我想他只是累了而已。我觉得他是低估了高中二年级考试的难度。"

这听上去可信吗？最重要的是，我的眼神是否可信？克莱尔的视线来回扫射，从我的右眼扫到左眼，又从左眼扫到右眼。然后她抬起一只手，整了整我的衬衣领；好像哪里不对劲，好像她还得再整整我的衣服，让我不至于在餐厅出丑。

她微笑着，张开手指，贴在我的胸前。在我的衬衫最高一粒纽扣开着的地方，我感觉到她的两个指尖触到了我赤裸的皮肤。

"也许是这样吧，"她说，"我只是觉得，我们俩都得小心，也许他哪一天就什么都不跟我们说了。我是说我们不能就这样习惯于此。"

"当然不能了。但是人在他这个年纪，有时候也会需要一定的隐私权。我们不必知道他所有的事，否则他可能会将秘密守得更紧。"

我看着克莱尔的眼睛。我的妻子，此刻我这样想着。有什么理由让我不称她为我的妻子呢？我的妻子——我伸出一只手，搂住她的腰，把她拉向我——即使只是在今晚。我的妻子和我，我脑子里有个声音在说，我的妻子和我想要酒单。

"你笑什么呢？"克莱尔，我的妻子问。我看了看我们的啤酒杯，我的已经空了，她的还有四分之三，一如往常。我的妻子喝得总是比我慢，也正因如此，我才爱她，也许在今天这样的夜晚，我比往常更爱她了。

"没什么，我……我想到了我们。"

一切都那么快，这一刻我还在看着克莱尔，看着我的妻子，用深情的目光，或者至少是愉悦的表情，而下一刻我就发觉眼前一片湿润了。

无论如何，我都不能让她发现，因此我将脸埋入她的发间，把她搂得更紧，吸嗫着一种味道——香波的味道，或者是香波和其他什么东西混合的味道，暖暖的。哦，是幸福的味道，我想。

如果我一个小时前就在楼下等，等到是时候出发，而不是上楼进米歇尔的房间会怎样？

如果那样的话，我们接下来的生活会怎样？

如果那样的话，我在我妻子发间闻到的还会是幸福的味道吗？会不会变成一种对遥远过去的回忆，一种下一秒就会失去的东西的味道？如同此刻这般。

3

"米歇尔？"

房门开着，他不在。好吧，我坦白：我知道他不在。他在花园里补他的自行车后胎。

我做出好像不知道的样子，假装认为他就在自己的房间里。

"米歇尔？"我敲敲半掩的门。克莱尔在卧室的衣柜里翻找着什么。还有不到一小时的时间我们就得出发去餐厅了。她还在犹豫，到底该穿那条黑色的短裙搭黑色的靴子，还是黑色的裤子配DKNY（唐可娜儿）的运动鞋。马上她就会问我："哪对耳环比较好？这对还是这对？"而我会告诉她，那对最小的最衬她，既能配裙子也能配裤子。

这时我已经在米歇尔的房间里了，我立刻就看到了我要找的东西。

我要特别强调的是，以前我从未做过这种事。每当米歇尔与人网聊，我都会有意地侧过身子，不去看屏幕上的文字。从我的身体语言他应该能够读出，我并不想刺探什么，或是偷偷地越过他的肩膀看他正在打的字。有时他的手机会发出好似排箫的声音，那是收到短信的提示音。他的手机经常随意地丢在某处，我不想否认，我的确有过很想去看一眼的冲动，尤其是在他恰好不在的时候。

"是谁给他发的短信呢？他或她写了点什么呢？"

有一次真的就发生了，我拿了米歇尔的手机掂在手里，我知道他一定是把手机忘了，而且要一个小时以后才会做完运动回来——那还是他的旧手机，一款不是滑盖的索尼爱立信。"一条新信息"出现在显示屏信封图样的短信图标下面。"我不知道我当时是怎么了，但是在我反应过来之前，我就已经拿了你的手机，读了你的短信。"也许他永远都不会注意到，也许又会。他不会说什么，但是他会怀疑他的母亲：这是一个很小的裂缝，随着时间的推移很可能会演变成一道不可逾越的鸿沟，而我们幸福的家庭生活也将不再。

只有几步路，就能到他靠窗的书桌前。只要我弯下腰，就能看到他在楼下的花园里、厨房门前的露台上补车胎——倘若米歇尔抬头往上瞅一眼，就会看见他的父亲在他房间的窗边。

我迅速抓起书桌上他的手机——一款崭新的三星。推开滑盖，我不知道他的开机密码，如果它锁屏了的话，那我就不会有任何机会。然而很幸运它没有，在显示屏上立刻出现了一张模糊的照片，照片中是耐克的标志，很可能是从他自己的衣服或鞋子上拍下来的，又或者是他一直都戴着的那顶黑色的便帽——哪怕是在高温的夏天，就连在家里他也戴着，帽檐一直低到眼睛，遮住他的脸。

我匆匆地在主菜单中寻找，它的菜单大体上与我的手机相同，都是三星，只不过是半年前的型号，因此已经彻底过时了。我点击了"我的文档"，然后又点了"视频"。查找过程比我想象的要快。

我看着看着，发觉我的头脑渐渐冷了下来。这是一种当人吃下一大块冰或极贪婪地喝下一份冰饮之后感觉到的冷。

是一种让人感到从里面疼出来的冷。

我又看了一遍，并继续看下去：我看到的还有更多，但是究竟有多少，我没法这么快看完。

"爸爸？"

米歇尔的声音从下面传过来，我已经听到他正在上楼了，于是我很快地将手机的滑盖合上，并把它放回书桌上。

我已经没有时间快速钻进卧室，从衣柜取出一件衬衫或西装，站到镜子前。我能做的只是尽量保持放松，自自然然地从米歇尔的房间走出来——好像我要找什么东西。

好像我要找他！

"爸爸。"他已经站在了楼梯之上的平台，眼睛从我身边瞥过，向他房间里看去。他戴着耐克帽，黑色的 iPod nano（苹果多媒体播放器）在他胸前的一根带子上晃动着，耳机松松地绕在脖子上。这点真得由着他。他并不追求地位的象征，几周后就已经将这款白色的入耳式耳机换成了一个简单的动圈式耳机，因为后者的音质更好些。

幸福的家庭彼此相似，这个念头今晚第一次在我脑海中闪现。

"我在找……"我开始说，"我刚刚问自己，你躲到哪儿去了。"

米歇尔出生的时候差点夭折。我还是会时常忍不住想起经剖腹产取出后放在保育箱里的那个小小的、发青的、皱缩的身体。他的存在，远胜于一份礼物，本身就是一种幸福。

"我在补车胎，"他说，"我想问你知不知道我们家是否有气门芯。"

"气门芯。"我重复道。我是从不自己补胎的人，也从没想过要自己来补。可是我的儿子违心地相信，他的父亲存在另一版本，一个知道气门芯在哪儿的版本。

"你在这楼上做什么呢？"他突然问道，"你说你找我，什么事？"

我看着他，看着他帽檐下边明亮的双眼，这双诚实的眼睛，这双我一直认为在我们的幸福生活中扮演着绝非微不足道的角色的眼睛。

"没什么，"我回答说，"就是找你。"

4

不出所料，他们还没到。

关于餐厅的环境，我虽不便渲染太多，但是有一点可以透露：餐厅掩映在街道一侧的树丛中。我们迟到了半个小时，当我们穿过被两旁的电子火炬照得通亮的石子路，来到餐厅门前时，我们在想，哪怕只有一次，是我们而不是罗曼一家最后一个到的可能性会有多大。

"打赌吗？"我问。

"为什么要打赌？"克莱尔回应道，"他们肯定还没到。"

一位身着黑色 T 恤和一条一直拖到脚踝的黑色围裙的服务生帮我们取走外套，另一个穿着相同套装的女孩热心地去查看摊开在迎宾台上的预订簿。

我看得出，她其实是在佯装不认识罗曼的名字，遗憾的是装得很糟糕。

"您说您是罗曼先生？"她扬起一边的眉毛，丝毫不掩饰她的失望：站在他面前的并非活生生的赛吉·罗曼先生，而只是两个她从未见过的陌生人。

我本可以给她点提示，告诉她赛吉·罗曼先生正在来的路上，但我并没有这样做。

照亮放着预订簿的迎宾台的，是一盏细长的黄铜色的台灯：这叫装饰艺术，也可能是件复古的或是刚刚过时的艺术品。这女孩的头发如她的 T 恤和围裙一样黑，向后梳得平平整整，并扎成一根细细的辫子，好像这就是与餐厅合拍的风格。就连那个帮我们拿外套的女生，也是扎着这样整整齐齐的辫子。我想，也许这就是一个规定，一个出于卫生角度考虑的规定，如同在手术室要戴口罩一样。这家餐厅的另一原则就是不使用"注射过"的产品——这里的肉产品虽然是出自动物之身，却是享受过"美好生活"的动物。

越过那平整的、黑色的头发，我望了望餐厅本身，看向至少从我所处的位置能够分辨出的大堂的两三张台子。入口左边是开放式的厨房。显然这会儿正有些东西在烧着，伴随而起的还有一股蓝烟与高蹿的火焰。

顿时我又没了兴致。我对眼前的这个夜晚的反感，似乎已经成了身体反应——轻微的恶心，湿冷的手指，还有从我左眼后面的位置开始的头痛。这些反应刚刚还不是很强烈，但这会儿却让我愈加感到不适，甚至差点就地昏厥过去。

我想象着，若是在客人还没走到大厅就在迎宾台倒下，那个穿黑围裙的女孩会如何应对：她会不会急忙试着将我藏进更衣室，总之尽快让我消失于其他客人眼前？也许她能允许我在众多大衣后的凳子上休息一小会儿。要是她有点礼貌，当然，她一定会，她会问需不需要帮我叫一辆出租车。"快，快把这男人弄走！"——那将会多么美妙啊！让赛吉摸不着头脑，给这个夜晚来个意外的转折！

各种可能性在我脑子里不停地打转：我们可以回到酒馆，点一份平民吃的每日套餐。我已经看见黑板上用粉笔写着，今天的套餐是猪排加薯条。"猪排加薯条，十一点五欧元"——很可能还不到我们在这儿的餐厅靠窗的位置人均消费的十分之一。

还有另一种选择，就是直接回家，顺道去一家影碟店，借一张DVD，然后一起躺在我们卧室的双人大床上静静地欣赏。一杯葡萄酒，一些薄脆饼干，一点奶酪小方（另外顺一条道，去一家二十四小时便利店买回来），这样的夜晚就堪称完美了。

我一定会完全牺牲自己，我在心里承诺道，我会让克莱尔挑选她喜欢的电影，即使肯定是部老片。《傲慢与偏见》《看得见风景的房间》，或者《东方快车谋杀案》，又或者是什么文艺片。我思索着，我可以说自己身体不适，然后我们就能回家了。可是我却说了一句："赛吉·罗曼，靠花园的位子。"

那女孩瞥了一眼预订簿，又瞅了瞅我。

"可你并不是罗曼先生。"她说道，眼睛都不眨一下。

此刻我诅咒这一切：这餐厅，这些穿黑色餐厅围裙的女侍者；我尤其诅咒赛吉，诅咒这顿他坚决要求的晚餐，一顿他甚至都不会遵守一点点基本的礼貌而准时出席的晚餐。他从不准时，即便是开乡镇会议，其他的人也总得等他。日理万机的罗曼总是迟到，会议室早就人满为患了，而他现在却不知道正在哪儿堵车呢。他当然不会自己开车，自驾对像赛吉这样的天赋异禀者而言，纯粹是浪费时间。他们会有个司机，这样他们就可以利用宝贵的时间，翻阅那些重要的文件。

　　"对，没错，"我说，"我就叫罗曼。"

　　我直直地盯着那位女侍者，这会儿她眨了一下眼，正要开口说下一句话。是赛吉登场的时候了，但这胜利却掺杂着一股失败的怪味。

　　"我是他弟弟。"我说。

5

"我们餐厅今日的开胃酒——法国酩悦粉红香槟。"

餐厅的主管——亦称餐厅负责人、宴会经理、领班等等，诸如此类的称谓在这样的餐厅实在屡见不鲜——穿的不是黑色的围裙，而是三件套西服，浅绿色的西服带着蓝色细条纹，胸前的口袋则露出手帕的一个尖角，同样是蓝色。

他的声音很轻，太轻，轻到无法压过餐厅里嘈杂的声音让人听清。我们坐定之后（在靠花园的一侧，我之前出对了牌），立即得出了结论：这儿的音响效果有点不对劲。你得比平常大声，否则说出的话就会飘浮到玻璃天花板上，而且这儿的天花板也要高过别处。若不是与这幢建筑预先的设计有关系的话，可以说，它高得离谱，简直就像是我之前在哪里看到过的一座牛奶棚或一家水泵厂。

餐厅的主管用他的小拇指指了指桌上。一开始我想他是不是指茶灯——所有的桌子上都摆了一盏茶灯，而不是蜡烛。后来才发现原来不是，他的小拇指指的是一小碟橄榄，显然是他刚呈上的。至少我不记得之前在他帮我们拉开椅子时见到过它摆在那儿。他是什么时候摆上去的呢？突然，一阵惊慌失措的感觉向我袭来。前一阵子，已经多次发生过像这样突然丢失一些片段的事——一些时间片段，空白的瞬间，在那些瞬间里，我的思想显然不知神游到了何处。

"这些是产自希腊伯罗奔尼撒半岛的橄榄，薄薄地涂上了一层意大利撒丁岛特级初榨橄榄油，并以迷迭香加顶，这些迷迭香产自……"

说这话时，主管微微向我们的台子倾了倾身体，尽管如此，我们还是几乎听不懂他的话；最后一部分完全听不明白，于是我们无从得知迷迭香的产地。一般说来，这种信息我不知道也无所谓，在我看来，这迷迭香要么来自鲁尔区，要么来自阿登山区，对于这种由一碟橄榄就能生出一堆废话的本领，我实在觉得太过夸张，只不过我也没有兴趣打断他，好让他脱身。

再者，还有那小拇指。用小拇指来指是什么意思呢？是种时尚吗？这与有蓝色细条纹的西装和浅蓝色手帕是搭调的吗？还是这个男人有事隐瞒？他其他的手指我们都未得见，都被他握进手心，以免别人看见——或许他的手上布满了真菌湿疹，又或是有什么不治之症的症状？

"加顶？"我很惊讶。

"是的，迷迭香加顶。加顶的意思就是……"

"我知道加顶是什么意思。"我发出了尖锐的嘘声，可能真的太大声了，因为邻座的一对男女都暂停了他们的对话，看向我们这边。这男人有着极为浓密的胡须，几乎遮住了他整张脸，旁边是个对他的年纪来说太过年轻的女人，我估摸着不到三十岁；我猜，他们是二婚，或者只是一夜暧昧，他想借由一家像这样的餐厅来给她留下深刻的印象。"加顶，"我小声地继续，"我当然明白，不是所有的橄榄都会戴个小皇冠，好似皇后般瞅着我。"

　　从这个角度，我可以看见克莱尔把头扭向了一边。这不是个好的开场；这个夜晚本身就已经搞砸了，我不必将它搞得更糟，尤其是在有我妻子在场的情况下。

　　然后餐厅主管却做了我全然未预料到的事。我本以为他的上颚会合下来，下唇会开始颤抖，他也许会先脸红，然后结结巴巴不清不楚地道歉——正如上头给他们制定的行为准则，规定他们在面对纠缠不休、没有教养的客人时，该怎样做。然而，他非但没有道歉，反而还笑了出来。顺便说一句，是真正的笑，而不是假装的或是完全出于礼貌的笑。

　　"很抱歉。"说着，还用一手掩住嘴；而刚刚在指橄榄时没用上的那些手指仍旧向里蜷着，唯独小拇指一如既往地翘着。

　　"这种情景我还从未见过。"

6

"这种套装西服有什么特别的含义吗？" 当我们点完了今晚的开胃酒，且主管已经走开时，我问克莱尔。

克莱尔伸出手，越过桌子，轻抚了一下我的脸颊，说道："亲爱的……"

"嘿，不是，我只是觉得它很特别，怎么都会让人多想。你不是要告诉我没有人会去多想吧？"

我的妻子给了我一个妩媚的微笑。每当她认为我的情绪又无端激动时，她就会对我这样笑——似乎是在告诉我，尽管她觉得我的这种激动十分有趣，但她完全不会当真。

"还有这儿的茶灯，" 我继续说道，"干吗不再摆上几个毛绒玩具，再配上葬礼进行曲呢？"

克莱尔从这些来自伯罗奔尼撒半岛的橄榄中捞了一个，送入口中："嗯——真美味。只可惜不难尝出这上面的迷迭香受的光照太少。"

现在轮到我笑我的妻子了；餐厅的主管之前就解释过，这迷迭香是餐厅"自己种植"的，就产自餐厅后面的香草园。"你难道没看见他一直在用小拇指暗示吗？" 说着，我翻开了菜单。

其实我是想先一睹这儿的菜价——这种餐厅里的价格总能引起我极大的好奇。我得补充说明一句，我并非那种无条件地节俭的类型，但我也不想妄下结论说，钱对我而言完全无所谓。我更不属于那种认为去餐厅就是"浪费钱财，同样的开销在家可以吃得好得多"的人。这样的人对于吃和餐厅，真是完全没有概念。

此时我的神经又被另一件事触动。这件事，为了简便起见，我将它称为"菜品与所需支付的金额之间不可逾越的鸿沟"：似乎这两大因素——一方面是钱，另一方面是菜——彼此之间毫不相干；似乎它们完全属于两个世界；它们虽然在菜单上彼此相邻，却似乎并非彼此要找寻的对象。

我本来打算看看菜名，再瞧瞧旁边的价钱，可我的目光却被菜单左边的东西吸引了过去。

我愣住了，再次定睛望去，然后便开始在餐厅里寻找穿着主管套装的人。

"怎么了？"克莱尔问。

"你知道这儿写着什么吗？"

我妻子疑惑地看着我。

"这儿写着：'餐厅开胃酒：十欧元。'"

"啊？"

"这太奇怪了！"我说，"那男人对我们说的是'今日本餐厅的开胃酒是粉红香槟'。每个正常的人都会以为这开胃酒是餐厅赠送的，难道我完全弄错了？'我们还能为您提供点"本餐厅的"什么呢？'不该为此就要人付十欧元，应该什么都不用付的。"

"不，等等，并不一定都是这样的。例如菜单上写着'Steak à la maison'，按字面解释就是'本店牛排'，而那也只是说，该牛排是依照这家店的特色烹饪的。不，这个例子还不够恰当……啊！就像'本店葡萄酒'，或者'自家葡萄酒'，这并不意味着酒是免费供应的，对吧？"

"好，好，好，这我当然明白。但是这与我们眼下的情形又是两回事。眼下我还没来得及看菜单，就有一个身穿三件套西装的人把椅子拉开，脸上挂着微笑，呈上一小碟橄榄，并且一开口就说餐厅今日开胃酒是什么。这的的确确极具误导性！这听上去难道不是更像一种邀请，而非索要十欧元吗？十欧元哪！十欧元！或者换个角度看，假如我们事先就知道要付十欧元，我们还会点这样一杯寡淡无味的'餐厅开胃酒'，什么'粉红香槟'吗？"

"不会。"

"这正是我要说的。'本餐厅的'，这种废话只会麻痹人。"

"没错。"

我看着我的妻子，而她很认真地在回忆刚才的事。"不，我并没有拿你开玩笑，你说的完全正确。这确实不同于'本店牛排'或'自家葡萄酒'。我现在明白你的意思了。这确实很奇怪，看上去就好像这一切都是他们有意而为的，然后静观人们是否会掉进陷阱。"

"对吧，没错吧？"

远处，我看到"三件套"正向厨房奔去；我示意他过来，然而注意到我的，只有一个穿黑围裙的女侍者，在接到我的信号后，急忙向我们这边走来。

"请您听好……"我边说边把菜单递给她，并且迅速地望了克莱尔一眼——为了寻找支持，或是出自对她的爱，又或是为了捕捉一个理解的眼神，我们俩是不容许别人跟自己开一点点"本餐厅的开胃酒"这类玩笑的——但克莱尔却定睛于我脑后的什么东西，定睛于，如我所知，餐厅的入口处。

"他们来了。"她说。

7

平常克莱尔总是挑对着墙的位子，可今晚我们恰恰调换了过来。就在餐厅主管为我们拉开椅子、她已经自动地要坐向只能看到花园里面的位子时，我说道："不，今天你坐一次朝门的位子。"

一般我坐的位子是背朝花园（或者靠墙，或者靠开放式厨房），原因很简单，我希望一切尽在掌握。克莱尔总是舍己为我。她知道，墙上和花园里没有我关心的对象，相比之下，我更乐于观察他人。

"坐呀，"当餐厅主管手扶着朝向餐厅内部的椅子的靠背，等待我的妻子入座时，她说道，"你不是一直喜欢坐那儿的吗？"

克莱尔并不仅仅是为我牺牲，她有种内心的平静或富足，这使得一面墙或开放式厨房就能让她满足。或者像这里一样：几条铺着石子路的草带，一个四方的池塘和窗户另一边一片从地面延伸至玻璃顶罩的矮树丛；更远处一定还伫立着几棵树，只不过由于夜幕的降临和玻璃的反光而无法看清。

"今晚不要。"我说。我本想加上一句"今晚我只想看你"，可我不想大声地说出来，何况是在这个穿条纹的三件套西装的餐厅主管面前。

撇开我今晚对我妻子的这张熟悉的脸的依赖不说，还有一个不是很重要的原因，那就是我不想非得看见我哥哥到场时的盛景：入口处一阵旋风，餐厅主管和女侍者们毫无疑问的奴颜婢膝的姿态，客人们的反响——然而当这一刻来临时，我还是侧过了半个身子。

当然，所有人都注意到了罗曼夫妇的到来，甚至在迎宾台附近还引起了一阵小小的骚乱：不少于三个穿黑色围裙的女侍者，争相为芭比和赛吉服务，连餐厅主管也停留在迎宾台附近。还有一个人，一个顶着灰白色刺猬头的矮个子男人，既没穿西装，也没有从头到脚一身黑色，而是简单地穿着牛仔裤和白色的翻领毛衣——大概是餐厅老板。

没错，真的是老板，因为他向前一步，亲自与赛吉和芭比握手。"那儿的人都认识我。"赛吉几天前就跟我说过这样的话。他认识那个穿白色翻领毛衣、显然不会为每位客人都亲自踏出厨房的人。

但客人们却表现得好像没事发生一样。很可能在这样一家一杯开胃酒就要十欧元的餐厅，公开让人看出你认出了人，是一件不合礼数的事情。你几乎能感觉到他们低着的头又向盘子靠近了几厘米，或是特别热烈地交谈，用尽所有办法避免出现一片寂静，因为可以明显地听出餐厅的分贝高了起来。

当餐厅主管（白翻领毛衣已经消失在开放式厨房里了）领着赛吉和芭比穿过一张张桌子向我们这个方向走来时，餐厅里至多荡起了一阵几乎察觉不出的声浪——就像一阵突然吹起的微风，吹向原先还风平浪静的池塘表面，或者吹过一片玉米地，仅此而已。

赛吉装上他早就准备好的微笑，搓着双手，芭比则跟在他的身后。以她的小短疾步判断，她的鞋跟很可能太高，让她很难跟上赛吉的速度。

"克莱尔！"他向她伸出手臂，我妻子已经从椅子上半立起身，然后他们互吻了三下脸颊。除了同样起身，我没有其他任何选择——坐着不动会招致太多解释的必要。

"芭比……"说着，我握住我嫂嫂的肘部。我早算到，她会主动向我的脸递出那必修的三吻，第一下在我的脸旁对着空气一吻，但我已能感觉到从她的嘴传出的轻微压力，第二下吻在我的一侧脸颊，最后她向我压来她的嘴唇，不，不是在嘴上，而是非常贴近于嘴，可以说，到了近乎危险的地步。这会儿我们对望着，如往常一样。她戴着副眼镜，也许这次是另一种款式，不管怎么说，我不记得以前见过她戴这样的染色眼镜。

如我所说，芭比属于穿什么戴什么都合适的一类女人，包括一副眼镜。但这次她却略有不同，就像一个房间里所有的花都被清空了——趁你不在的时候，你不会一眼察觉出室内布置的变化，直到看到垃圾桶里露出的花茎。

我的嫂嫂简直比非凡还要非凡。我认识一些男人，他们会因为她的体格而感到胆怯，甚至觉得受到威胁。不，她并不胖，这与胖瘦没有多大关系，她身上所有的一切都呈现完美比例。只是她的一切都又大又宽，她的双手、双脚、头部对那些男人来说简直太大太宽了，让人无法想象她身体其他部位的大小，无法给她套上一个人体的比例，来消除人们的受压迫感。

中学时，我有一个好友，他有两米高。至今我仍能清楚地记得，总是站在一个比自己高一个头的人身边是件多么辛苦的事，就好像总是站在他的影子里，这样一来连太阳光照都会少一些。至少少于我应得的光照，有时我会想。很快我就习惯了这种几乎是永久性的斗争，不过这还不是最糟糕的。夏天的时候我们一起去度假，这位同学不胖，只是个子高，可是他的双臂、双腿甚至双脚做出的每一个举动，都让我冒火——他的脚会从睡袋里探出来，并且从里面往外踢帐篷。与他争夺地盘是我的责任，这责任总是搞得我精疲力竭。有时早上他的脚会从帐篷开口处露出来，我就会觉得是我的错：错在没有做出更大的帐篷，把像我的同学这样的人从头到脚都装进去。

在芭比面前，我总是竭尽全力把自己变得比实际更高大。我竭力伸展自己，这样她就能直视我——以齐眉的高度。

"你看上去不错。"这话可以简单地表达字面的意思，即我真的看上去不错，但也许她只是用这样迂回的方式来要求我也对她的外表发表些意见——又或者仅仅对其投去更多的关注。

因此我再次望向她镜片后面的眼睛，那镜片反射出了整个餐厅的情景：用餐的人，白色的桌布，小茶灯……没错，几十盏小茶灯在她的镜片里闪耀，我刚刚才看清，原来这镜片只有上半部是真正的深色，下半部最多只淡淡地上了点色，这样芭比的眼睛我就可以看得一清二楚。

她的眼圈通红，睁大的程度有些异乎寻常：很明显是刚号啕过的痕迹——不是在几个小时前，而是就在刚才，在车上，在来餐厅的路上。

也许在停车场时，她还尝试过掩盖最糟糕的痕迹，可惜效果不佳。黑围裙侍者、三件套主管以及时尚白毛衣老板，他们也许会被她的染色眼镜蒙蔽，可我不会。

就在那一刻，我清楚地知道，芭比其实也并不想欺骗我。她比往常靠我更近，紧挨着我的嘴唇印下一吻，让我无法避免地直视她的双眼，从而得出以上结论。此时她眨动了几下眼皮，又耸耸肩，这样的肢体语言只有一个含义："我很抱歉！"

我还没来得及说点什么，赛吉插了进来。他格式化地将他妻子拉到一边，过来抓住我的手，用力地晃动。以前跟他握手，他的力道可没有如此强劲，但在过去几年里，他已经将自己训练出来了，与"国民"握手一定要有力——他们是不会给一个软弱无力的小爪投上一票的。

"保罗。"他喊道。

他一直微笑着，但这微笑并非出于某种情感。从他灿烂的微笑可以看出他在思考。这微笑与他的握手一样造作，但是这两样必定会为他七个月后赢得竞选推波助澜。即使脑袋里面尽是腐朽的鸡蛋，臭气熏天，脸上的微笑也得保持完美无邪。哪怕是被愤怒的运动领袖拍了奶油蛋糕，也要让选民们透过黏稠的奶油痕迹看到脸上的微笑。

"哈啰，赛吉。"我应声道，"一切都好吗？"

这时，在我哥哥肩后，克莱尔已转向芭比，她们相互亲吻问候——更准确地说，是我的妻子去吻的。接着她们拥抱、对视。

克莱尔也看到我所看到的内容了吗？是那染色眼镜之后充满绝望的红肿的双眼吗？然而就在这一刻，芭比突然放声大笑了起来，而我亦可清晰地感受到她是如何在克莱尔脸颊边亲吻空气的。

我们坐了下来。赛吉坐在我的斜对面，他的旁边是我妻子，芭比则在餐厅主管的服务下在我旁边的椅子上坐下。一名黑围裙女侍者在旁边听候赛吉差遣。入座前，他还一手插在裤袋里，立定了片刻，将整个餐厅查看了一番。

"本餐厅今日的开胃酒是粉红香槟。"主管说道。

我深吸了一口气，很显然动作太大了，因为我的妻子正意味深长地盯着我。明智的是，她恰恰没有在我差点或已经做出可笑的举动时在桌子下面踢我的胫骨来警告我，而是目不转睛地盯着我，并突然开始连声微咳。

她的眼神十分微妙，跟着闪现出一个外人无法察觉到的眼神的变化，其意味介于玩笑与严肃之间。

"算了。"那眼神在说。

"嗯……香槟。"芭比说道。

"怎样，听上去不错吧？"赛吉说。

"等等。"我说。

前　菜

8

"此螯虾配以龙蒿叶制成的油醋汁，并用香葱包裹。"主管来到赛吉身边，用他那小指指着赛吉的盘子说道。"这是来自孚日山脉的杏茸。"小拇指跃过螯虾，指向两只纵剖为二的棕色蘑菇。这蘑菇看上去像是刚从地里刨出来的，只见其柄下方还挂着点土状物。

这是一只精心护理过的手——在餐厅主管拔去赛吉点的一瓶沙布利酒[1]的塞子时，我得出这样的结论。与我先前的猜测相反，这只手没有任何瑕疵需要掩藏，光滑的表皮，没有倒刺，指甲修剪得短而整齐，没戴戒指，看上去像刚洗过，且没有一丝病恙的痕迹。尽管如此，我仍然觉得这手，作为一个陌生人的手，实在靠菜肴太近，还在距离螯虾只有几厘米的上方挥舞得碍眼，那小拇指更甚，几乎就要触到杏茸。

我真不能肯定自己是否能马上接受我盘子上方的这只手与小拇指，但为了整桌的正常用餐气氛，我最好还是忍住。

没错，我得忍住，在这一刻我下了决心，如同在水中憋住呼吸一

---

[1] 沙布利酒（Chablis），产自法国沙布利的一种无甜味的白葡萄酒。

样，把一只完全陌生的手在你的餐盘上方挥舞当成世界上再正常不过的事情。

可还有一件事搅得我越来越烦心，就是那几乎停滞的时间，并且偏偏停在这种纷乱齐集之时。光是对付那瓶沙布利，餐厅主管就磨蹭了很久。先是放葡萄酒冷却装置——一个用两只钩子钩在桌边的模子，像把儿童椅；接着是展示酒瓶、展示标签——当然是向赛吉展示。是赛吉挑的酒，尽管得到了我们的认同，但他那番"酒——我最懂"的姿态着实令我讨厌。

我已经弄不清他是何时自封的美酒鉴赏家，我只知道突然就这样了。突然有一天，他就成了第一个接过酒单的人，嘴里还喃喃自语，说着什么葡萄牙阿连特茹地区的"醇香"葡萄酒——这与夺取政权无异，因为从这一天起，酒单就完完全全、彻彻底底、自自然然地落到了赛吉的手中。

在展示完了酒瓶、得到我哥哥的首肯之后，就到了开酒环节，此时便立刻显现出了开酒并非这位主管的强项，但他竟勇敢地去尝试掩藏这一点：他耸耸肩，试着用笑容来掩盖他拙劣的活计，还装出一副怪相，好像这种情况千真万确是第一次发生，但正是这鬼脸出卖了他。

"哎，很明显它就是不想出来。"他说。瓶塞的上半部已经破掉，零散地附着在开瓶器上。

眼下餐厅主管的境地真是尴尬。难道他还敢在这桌边，在我们充满期待的眼神之下，继续尝试折腾那已经碎掉的上半个瓶塞吗？还是赶紧抱着这瓶子，冲进那厨房，寻求专业的帮助更为妥当呢？

遗憾的是，最简单的解决办法偏偏是最不堪设想的：用一个叉子或勺子的底部，将剩下的半个倔强的瓶塞向里捅下瓶颈，让其落入酒中。很可能斟酒时会有一些木塞碎屑漂浮在杯中，但，那又怎样？谁在乎？一瓶沙布利才多少钱？五十八欧元？这点小数目算什么呢？极有可能第二天就有人在最近的超市货架上发现一模一样的一瓶酒，只需要七点九五欧元。

"非常抱歉，"主管说道，"我再为您重新取一瓶。"还没等我们任何一个开口，他就已经匆忙地穿过桌椅走了。

"这其实就跟在医院一样，"我半嘲弄道，"在那里，人们也得祈祷，希望抽血的是个护士而不是医生。"

克莱尔忍不住笑了起来，连芭比也笑了，说道："哎呀，这真是悲剧的一幕。"

只有赛吉若有所思地自言自语，神色凝重。他的表情中飘着一丝悲伤，仿佛被人夺走了什么——他的玩具，对葡萄酒及其酿造年份和沾着泥土气息的葡萄的自觉其美的废话。餐厅主管的混乱，多少给他造成了一些负面的影响。是他，赛吉·罗曼，选了这瓶瓶塞很次的沙布利。他本来还期待着一个畅快的过程：阅读标签，点头首肯，品尝主管为他斟上的第一口酒。最主要的就是最后一点。这时，他那嗅酒、下咽和舔嘴的样子和声音，我已经无法再看下去、再听下去了：那酒，从我哥哥的舌尖滚向舌根，淌至喉结处然后又回流出来……我总是会斜过眼去，直到这一切过去了为止。

"现在就让我们一同期望下一瓶不会出现刚刚那种情况，"他说，

"不然简直是一种耻辱，因为它是一瓶很棒的沙布利。"

显然他现在正处于一种尴尬的境地，这一点是肯定的。就连这餐厅也是他选择的，这儿的人都认识他。那个穿白色翻领毛衣的人还特地从开放式厨房走出来迎接他的呢。我问自己，假如是我选的餐厅，一家他从没去过的餐厅，餐厅的主管或服务生没能第一下就顺利地打开酒瓶，接下来会发生些什么呢？可以百分之百地肯定，他会充满同情地笑笑，摇摇头。一定是这样！我不是昨天才认识他的，他一定会用一种只对我适用的眼神来责罚我：对了，这个保罗，总是带我们到些稀奇古怪的店里……

国内其他著名的政客都喜欢自己进厨房，喜欢搜集连环画册，或者会亲手将自己搁浅的小船重新开动。他们选择的兴趣爱好经常与其本人特征大相径庭，让人无法将这两者联系到一起。一个表面极其平庸、带着浓重的书卷气的人，可能在闲暇时突然用法语侃侃而谈，下次报纸的周末副刊封面上，又会出现一张炫目的彩色照片：戴着编织的烤箱手套，手捧一个普罗文萨煎肉饼，将其盛于烤箱烤盘上。暂且撇开他那印着图卢兹－洛特雷克[1]的翻版海报的炊事围裙不说，这个平庸的人身上尤其引人注意的，是他那虚假的微笑，这微笑意欲向选民们传达他对烹饪的

---

[1] 亨利·德·图卢兹－洛特雷克（Henri Marie Raymond de Toulouse-Lautrec-Monfa，简称 Henri de Toulouse-Lautrec，1864 年 11 月 24 日—1901 年 9 月 9 日），法国贵族，后印象派画家，近代海报设计与石版画艺术先驱，被人称作"蒙马特尔之魂"。

热情。与其说是微笑，倒不如称之为"不安地露出牙齿"更贴切。这种微笑，是人们在有车从背后撞过来却能毫发无损地躲过时摆出的微笑，同时最重要的是，这微笑泄露出只因为发现那个普罗文萨煎肉饼出炉时并没完全烤焦这一简单事实而如释重负的感觉。

那么当赛吉为自己添上鉴赏葡萄酒这一爱好时，他脑子里究竟想的是什么呢？我其实该问问他。也许就在今晚。我在自己的脑子里做了个笔记，现在还不是最适当的时刻，毕竟这个夜晚还长。

以前他在家时只喝可乐，一升一升地喝，晚饭时能轻轻松松喝掉一瓶家庭装，然后就大口大口地打嗝，有时会因此被赶出屋子，他的一个嗝能持续十秒甚至更长时间，从他的胃的深处翻滚上来，好像从地下传出的隆隆雷声。这种打嗝方式甚至让他以前在学校里颇受欢迎，当然是在男孩子当中，那时他就清楚地知道，打嗝和放屁会吓跑女生。

下一步就是把以前的一个旧货储藏室改装成葡萄酒窖。他弄了很多架子，用来存酒，让酒"酝酿成熟"，他如是称。用餐时，他滔滔不绝地发表着演讲，讲他所品尝过的葡萄酒。芭比则带着某种程度的消遣，听着他说的一切，也许她是最先看透他、不把他和他的爱好当回事的人之一。我还记得有一次打电话给赛吉，是芭比接的电话，她告诉我他不在家里，"在卢瓦尔河谷品尝葡萄酒呢"。当说到品酒和卢瓦尔河谷时，她的声调里漾着一种跟一个女人说她的丈夫得加班一模一样的语气，尽管这个女人一年前就知道她的丈夫和其秘书有染。

我说过克莱尔比我聪明，而且她不会为我达不到她的水准而生气。我想说的是，她不会摆出一副居高临下的姿态，即使有些事我没有马上理解，她也不会叹气或是眼珠骨碌碌地转。当然我只能凭猜测，但是我可以十分肯定，即使我不在场，她也不会对别人用我从芭比的声音中听出的那种语调，那种说"在卢瓦尔河谷品尝葡萄酒呢"时的语调。

应该说，有一点已经很清楚了，即在某种程度上芭比也比赛吉聪明。我可以补充说，要发现这一点并不难——但我不会这样做。有些事，即使没有外界的助力，自己也能显露无遗。我只会复述我们在这家餐厅共同进餐之时的所见所闻。

9

"这道羊胸腺是用撒丁岛橄榄油混合芝麻菜泡制而成的。"餐厅主管道，此刻他已来到克莱尔的餐盘前，正用那小指指着两颗丁点大的肉丸。"这种阳光番茄产自保加利亚。"

克莱尔的盘子最显眼之处，是那望不到边的空白。当然，我也知道，高级餐厅是重质超过重量，但是这样那样的各种空盘似乎也太多了些。在这儿，空盘法则显然被发挥到了极致。

人们会有这样的感觉，那盘子会一再逼人将其腾空，然后再去那开放式厨房索要添食。"量你也不敢不吃！"盘子当着你的面嘲笑着，讥讽着。

我试着回想这儿的价钱，最便宜的前菜大概十九欧元，主菜的价钱在二十八至四十七欧元之间。另外还有三个套餐可供选择，分别为四十七、五十八和七十九欧元。

"这是热山羊奶酪配意大利五针松子和核桃片。"那只手和小拇指停在了我的盘子上方。我强忍住没有说出口"这我知道，正是我点的"，而是把注意力转移到了那只小指上。今晚它还没有比此刻离我更近过，即使在斟酒时也没有。主管终于选了障碍最少的一条路，从厨房里拿出一瓶新的葡萄酒回到桌边来，瓶塞已经半开。

葡萄酒窖与卢瓦尔河谷之旅之后就是为期六周的葡萄酒研修班，不是在法国，而是在一个夜校的露天教室，学位证书被他挂在家中的门厅，世人可见。一瓶瓶塞已经半露在外的酒，里面也可能装着与标签不同之物，这一点，他应该在那间教室里、在一开始的课程中就学过。这酒可能掺过东西，可能有不怀好意的人在里面掺了水，或者用了一堆唾液让其变得更多。

但是在经历了餐厅开胃酒和弄破瓶塞之后，赛吉·罗曼显然已无心再制造更多的好戏。连主管都没瞧一眼，他已经用餐巾抹了抹嘴，喃喃自语道"好酒"。

此刻我飞快地瞥了一眼芭比，染色眼镜背后她的眼睛正看向她的丈夫。虽然几乎不可察觉，但我知道，当他对已经打开的酒发表评论时，她的一条眉毛在上扬。在车里，在来餐厅的路上，他曾经把她惹哭，但是这会儿她的眼睛已经没那么红肿了。我希望她能说点什么来报复一下他。这方面她很在行，芭比的嘲讽功夫是出了名的。"在卢瓦尔河谷品尝葡萄酒呢。"这算是最温和的了。

我在内心里鼓励她。不幸的家庭各有各的不幸。仔细想想，也许最好在我们进入主菜环节前，赛吉和芭比就来场激烈的、完全控制不住的争吵，那我就会说些安抚的话，装作公正公平，但她一定能够清楚地感受到我的支持。

让我遗憾的是，芭比选择了沉默。我几乎能看清，她硬吞下要对瓶塞发表的、毫无疑问是毁灭性的评论的样子。可同时又发生了点事，孕育着我的这个希望，希望接下来的夜晚会来个大爆炸。这就像在一部戏里出现一把手枪：如果在第一幕出现一把手枪，那么尽可放心，在最后一幕也会以手枪收场。这是戏剧的法则。根据这个法则，如果最后不是手枪收场，那么甚至整部戏都不能出现手枪。

"这是野莴苣。"餐厅主管说。我望向那根小拇指，它离那三四片皱巴巴的小绿叶子和山羊奶酪块只有不到一厘米的距离，然后我又看向那整只手，它是如此之近，让我几乎忍不住稍稍前倾去亲吻它。

为什么我明明不吃山羊奶酪还点了这道菜呢？野莴苣就更不用说了。不过这回倒是这小小的一客菜为我解的围，因为我的盘子也空得有些过分，即使还比不上克莱尔的那么空。我可以一口就吞掉这三片小叶子——或者就这样放着，原则上结果都是一样的。

野莴苣总是让我想到我们小学教室窗台上的仓鼠或豚鼠。我猜，当时学校是想让我们明白要照顾以及应该如何照顾小动物。至于我们早上穿过栏杆送进笼子里喂小鼠的是不是野莴苣叶，我已经记不得了，总之它看上去就是这个样子。仓鼠或是豚鼠用它们的小牙一圈一圈地啃着菜叶，剩下的时间就静静地坐在笼子的角落一整天。一天早上，它们死了，跟走在它们前面的乌龟、两只小白鼠和竹节虫们一样。而我们应该从如此高的死亡率中学到些什么，课堂上却并没有讲。

为什么我的面前摆了一盘我不喜欢吃的山羊奶酪和野莴苣，其实这个问题的答案并不像人们想的那样神秘。当我们点菜时，我是最后一个轮到的。事先我们也没有好好地商量过该点什么——又或者商量过，只不过我被忽略了。无论如何，我其实本来是要点小牛肉配金枪鱼酱的，但是吓了我一大跳，芭比选了同样的东西。

这还不算太糟，我还可以以最快的速度退而求其次——鳌虾。但倒数第二的是赛吉，紧随克莱尔之后。当赛吉点了鳌虾之后，我就走投无路了。我当然不介意跟其他人点一样的前菜，但是要跟我哥哥点一样的是绝对不允许的。理论上我还可以回头去选我的小牛肉配金枪鱼酱，但其实也只是纯粹的理论上。这终究不太好：且不论是否会显得我没有一次能独到一点，选一道百分之百自己的菜，还可能会让赛吉产生那样的遐想，以为我想要借此和他的妻子结成同盟。虽说事实的确如此，但总不能表现得如此明显吧。

我本来已经合上了菜单，并把它置于我的盘边。现在我又得重新打开它，以闪电的速度浏览前菜一页，我用了一个思考的眼神来假装我好像在找我原来挑的菜，为了能在菜单上将它指出来给服务生看，当然，已经太晚了。

"请问这位先生要点什么呢？"餐厅主管问。

"给我来份热山羊奶酪配野莴苣。"我说。

听上去有些太过轻巧，有些太过自信，以至于不太可信。对赛吉和芭比而言，似乎没有任何不寻常，但我读出了桌子另一边克莱尔脸上的吃惊。

她会想要保护我不受我自己的折磨吗？她会说出"可你根本就不喜欢吃山羊奶酪呀"这样的话吗？我不知道。此刻有太多只眼睛对着我，使我无法向她摇头示意，我现在无法冒这个险。

"我听说，这儿的山羊奶酪是来自一个有机农场，那儿还有一个可零距离接触小山羊的动物园，”我说，“那些小山羊整日都在野外蹦蹦跳跳。”

在并无必要地为了芭比的小牛肉配金枪鱼酱——在理想王国里可以是我的那道菜——停留了好久之后，终于，餐厅主管退下了，我们就可以重拾我们的谈话了。"重拾"其实不是最准确的表达，因为我们之中已经没有人还记得进入前菜之前所聊的话题了。这种情况在所谓的顶级餐厅经常发生，好像它很受欢迎似的。人们的思路会因为不断地受到打扰而最终完全中断，比如对盘中每一颗意大利五针松子过于详尽的阐释，比如这无尽的开瓶游戏，又比如在客人并未要求的情况下合时宜与不合时宜的斟酒。

对于斟酒，我又有些话要说：在这个世界上，我到过很多地方，也光顾过不少国家的餐厅，但是没有任何一处——我说没有任何一处指的是真的没有任——何——一——处——会在客人并未要求的情况下自动斟酒。在别的国家，人们会觉得这很没礼貌。只有在荷兰，服务生们会频频出现于桌前，不光是给人斟酒，而且还会皱着眉头瞟一眼快要见底的酒瓶，无声地谴责道："这样下去，一会儿岂不是又要再点一瓶？"

我认识一个人，是个以前的朋友，他在荷兰的所谓的"顶级餐厅"工作过。有一次他讲道，其实这种策略，是为了使人们尽可能多地将那些以至少七倍于买入价的价格登上菜单的酒，倒进自己的肚子里。因此，他们在前菜和主菜之间总是会等很长时间：纯粹出于无聊，为了打发这段空闲时间，人们就会点更多的酒——那儿的人如是说。我的这位朋友说，在这样的餐厅，前菜一般都上得比较快，如若不然，客人就会开始发牢骚、提意见，他们会觉得自己选错了餐厅。但是在前菜和主菜之间，他们多数已经喝了太多的酒，从而注意不到耗费的时间了。他还熟知下列情况：虽然主菜早已预备好，但是只要客人还没有变得不安起来，主菜盘就仍然会待在厨房里。

直到客人们的对话陷入僵局，并且开始环顾四周时，这些盘子才会很快地被推进微波炉。

在前菜上桌之前，我们还能迅速地聊点什么呢？事实上现在这些都已经无所谓了，因为这也不是什么重要的事，但着实令人不快。我还记得我们在经历了瓶塞和点菜两个小灾难之后聊了些什么，却无论如何也记不得在盘子摆到我们面前之前我们的话题是什么了。

芭比在一家新的健身房报了名，对此我们谈论了有一段时间，关于运动的好处以及什么运动最适合谁等。克莱尔对去健身房锻炼也很感兴趣，但是赛吉觉得他无法忍受大多数健身房里令人讨厌的音乐，因此他已经开始练习跑步，一个人美美地享受室外的新鲜空气。说这话时，他的表情煞是认真，仿佛他是第一个有此主意的人。而我几年前就已经开始跑步了，那时他从不会放过任何一个机会嘲弄"他弟弟的小步跑"，对这件事，他却有意避而不谈。

对，我们聊的是这个没错，虽说按我的品味有些过于详细，但也不失为一个和谐的话题，而且对于这样一个在餐厅的夜晚，这绝不是什么非同寻常的开始。但那之后呢？就算打死我，我也想不起来了。于是我看了看赛吉，再看看我妻子，最后又看了看芭比。恰恰在此刻，芭比正把她的叉子叉进她那片小牛肉，又用刀子切下一小口送入口中。

　　"这会儿我的思路突然一下子完全断了。"她说，叉子就停在她张开的嘴前，"你们去看伍迪·艾伦的新片了吗？"

10

我总觉得，一旦话题过早地转向电影，就意味着开始衰弱了。我的意思是：电影似乎更衬一个夜晚的结尾，当人们实在找不出其他可聊的话题的时候。我不知道究竟是什么，但是，当人们开始谈论电影时，我心里总有一种不好的感觉，大抵与这种感觉类似——你才起床，外面的天色就已经开始暗了下来。

最糟的情况莫过于复述整部电影，人们舒舒服服地在椅子上躺好，一点也不在乎占用你一刻钟来讲述电影——一刻钟一部电影，我是指。他们并不十分关心别人是否想听或者早已看过所说的电影，这些信息被直接跳过，因为他们已经开场了。出于礼貌，一开始听者还会装出感兴趣的样子，但很快就开始晕晕乎乎，尽情地打哈欠，看着天花板，在椅子上滑来滑去，明确地向说者表示，他或她该收口了，并且丝毫不会觉得羞愧。但事实上，这一切都是徒劳。讲演者谈兴正浓，完全看不见任何信号，最重要的是，他们正为自己和他们关于电影的废话所陶醉。

我相信我的哥哥是第一个开始议论伍迪·艾伦新片的人。"一部杰作。"他说，事先并不问我们——我是指克莱尔和我——是否已经看过。当他说到他们上个周末一起看的这部电影时，芭比一个劲地点头。作为一种调剂，他们偶尔也会有一次意见相同的时候。"一部杰作，"她说，"真的，你们一定得看看。"

克莱尔回应说，我们已经看过了。"两个月前。"我补充道，其实只是个多余的评论，但我就是有兴致说这句话。不是针对芭比，而是针对我哥哥。我想让他知道，他和他的"杰作"已经相当落伍了。

这时，出现了好几个穿黑色围裙的女侍者，手里端着我们的前菜，紧随其后的是餐厅主管和他的翘小指，这样我们就断了思路——直到芭比问我们是否看过伍迪·艾伦的新片，这个话题才重新被拾起。

"我觉得这部电影真是了不起。"克莱尔边说边用一颗"阳光番茄"搅了搅她盘子里的橄榄油小水洼，然后送进嘴里，"甚至连保罗也觉得它不错。对吧，保罗？"

这种事克莱尔经常做：不知何时就把我也一同扯进去，让我别无选择。现在，那两位也都知道我觉得这电影不错了，那句"甚至连保罗"的意思，大概就是"甚至连保罗，这个一般情况下没有一部电影合他心意的人，尤其是伍迪·艾伦的电影"。

赛吉看着我，嘴里还残留着一些他的前菜，他嚼着，但丝毫不影响他跟我说话："怎么样，我说是部杰作，没错吧？哎，确实惊艳！"他继续嚼，然后吞下。"还有那位斯嘉丽·约翰逊，换作是我，也不会把她推下床的。噢，我的先生们，她可真是个绝色美人哪！"

当一部自己也觉得相当不错的电影被自己的兄长称为"杰作"时，感觉就好像不得不穿这位兄长脱下来的衣服——穿过的衣服，或是这位兄长穿不下的衣服。从严格意义上来说，这两种情况的核心部分是一致的：都是穿过的。我已经别无选择，同意这部伍迪·艾伦的新片是杰作，无异于穿别人脱下来的衣服，而这从一开始就是绝对不允许的；比"杰作"更高一层次的称呼是不存在的，我最多只能尝试证明赛吉并没有真正理解这部电影，而是基于错误的理由称之为"杰作"，但这样只会自讨苦吃，况且太容易被看穿了，尤其是被克莱尔，当然芭比也一定能看穿。

所以我只剩下一条路：有理有据地贬低这部伍迪·艾伦的新片，这一点相当容易，因为这部电影有足够多的破绽。这些破绽，对一个喜欢该片的人而言，或许无足轻重，但在紧急情况下，绝对足以构成贬低它的充足理由。克莱尔一开始可能会扬起眉毛，但愿她随后就能理解我所做的事：不得已出卖我们俩对电影的共同品味，究其根本，是为了对抗某些人对电影不懂装懂的废话。

我拿起我的沙布利酒酒杯，为的是在我开始实施刚刚所提的计划之前，若有所思地喝上一口，但就在此时，我却想到了另一条出路：那个笨蛋刚才无意中说漏了什么来着？关于那个斯嘉丽·约翰逊的？"不会把她推下床""真是个绝色美人"——我知道，芭比对这种轻佻的男人用语是怎么想的，连克莱尔也会立刻翻脸，当男人们说出"这屁股真棒""这乳房真是棒极了"之类的粗话时。可惜，在我哥哥先前说那话的时候，我没能看到她们的反应，因为那会儿我正看着他，不过事实上我也根本不需要看到。

在之前一段时间，我有时会有这样的感觉：他已经渐渐脱离了现实，竟严肃认真地相信，这个世界上所有的斯嘉丽·约翰逊都会自动跳上他的床。我有些怀疑，他对女人是不是和对食物一样不重视——最主要的是，只要她们和它们可随时随地供他使用。以前就是这样，直到今天依然如此。"我饿了。"赛吉会说，当他饿了的时候，哪怕当时正身处大草原，在大自然中漫步，或是在高速公路上离下一个出口还相当远。"嗯，"然后我就会说，"只是这会儿没东西可吃。""可我现在饿了！"赛吉叫道，"我必须现在吃东西！"

这愚蠢的坚决简直是种不幸，带着这种坚决，他会忘记一切——他的周遭、这些正巧和他在一起的人，这种坚决让一切都只能围绕着那唯一的目的——消除他的饥饿。在这种时刻，他总是让我想起一种会不停地冲向障碍物的动物，一种不明白窗玻璃是用坚固的材料制成的、只一味猛撞过去的鸟。

当我们终于找到了一个有东西可吃的地方时，无论把什么放到他面前，他都无所谓了。然后，他就会像给车加油一般，大口大口地吞食：他快速而高效地啃噬着乳酪面包或是杏仁羊角小面包，为了让那些"燃料"以最少的几口尽快到达他的胃；因为没有"燃料"，人寸步难行。这顿丰盛的欢宴是隔了很久之后才到来的。对待葡萄酒他也是如此，但不知何时，他突然就想到一顿丰盛的欢宴不该少了对酒的品评，只是他的快速与高效仍然一如既往——直到今天，他一直都是第一个吃完盘中食物的人。

我愿意牺牲些什么，来换取一次机会，耳闻目睹他和芭比是怎样行房事的。但在我心里，却又有股力量，猛烈地抗拒着这种想象，我愿意做出至少相同程度的牺牲，只求再也不必与他们共同经历此事。

"我要！"然后芭比回答说她头疼，她来例假，或是今晚对他的躯干、他的胳膊和腿、他的头、他的气味，就是没兴趣。"但是我现在就要！"我相信我的哥哥交媾也一定像他吃东西一样，很可能他会强迫自己进入一个女人的身体，就像他把一只热狗硬塞进自己嘴里一样，然后他的饥饿感就消除了。

"你肯定最主要的是盯上了斯嘉丽·约翰逊的乳房，"我说，比我原本打算的要粗鲁得多，"还是你说的杰作别有深意？"

在我说这话时，立刻出现了一种只有在餐馆才能察觉到的充满惊讶的安静：一个人突然强烈地意识到另一个人的存在，意识到各种嘈杂的声音，甚至其他三十几桌上刀叉与盘子碰撞的声音，接下来是一两秒的风平浪静，在这一两秒中，原是背景的声音变成了前景。

芭比用她的微笑第一个打破了沉默。我迅速地瞥了一眼我的妻子——她正吃惊地盯着我，然后很快回到赛吉身上，他也在试着笑，只是没法由衷地笑出来——而且有些食物还一直在他嘴里。

"得了，保罗，别搞得那么纯情了！"他说，"她确实是个小尤物，而男人是长眼睛的，不是吗？"

"小尤物。"我知道，克莱尔也不怎么喜欢听这个词。她最多就会说"一个长得很好看的男人"，绝不会说"尤物"这样的词，更不用说"紧臀"什么的了。"女人们对于'紧臀'这样的词总是装腔作势，不管它是否合乎时宜，总之这种词，对我而言，就是太过了，"有一回她跟我说，"就像女人突然抽起烟斗或是随地吐痰一样。"

在内心最深处，赛吉其实一直都是个农民、一个没有教养的蠢货，就是以前那个因为在餐桌上打嗝而被赶出去的蠢货。

"我也觉得斯嘉丽·约翰逊是个特别迷人的女人，"我说，"只是你的话听上去有点那样的意味，似乎这对你而言是整部电影中最重要的部分。当然如果我有什么说得不对的地方，你可以平心静气地纠正。"

"好吧，但是因为那个英国人，那个网球教练，所有的一切都向错误的方向发展了，因为他没法将她从脑中挥去。他甚至必须用杀死她来实现自己的计划。"

"嘿！"芭比叫道，"别说出来，不然别人如果还想自己去看的话，就没有意思了！"又是一阵短暂的安静，此间芭比先看了看我，然后又看向克莱尔。

"噢，瞧我蠢的！我想我是睡着了，你们刚刚说过，你们已经看过了！"

11

我们四个都不禁笑了出来，真是难得出现的轻松一刻。话说回来，太放松又未必是件好事，我们还是得快速回到原来的话题上来，回到一个简单的事实，即赛吉·罗曼也有一个"紧臀"，正如女人们总是重复强调的那样。颇受女性欢迎这一点，他自己相当明白，而对于这一点本身，也没有什么好有异议的。他本来就很"上镜"，某种程度上，他具有一种令一些女性青睐的"天真无邪的吸引力"，不过要按我的品味来说，却有点太过粗俗，跟"超凡脱俗"更是扯不上一丁点关系。不过现在总是有些女人，她们更迷恋粗俗之物，她们喜欢乡土的家具，纯粹由"真实可靠的材料"制成的桌子椅子，比如来自北西班牙或意大利皮埃蒙特的、用来做牲口圈门的古木材。

从前，赛吉和他的女朋友们大多是这样玩完的：相处几个月后她们就受够了他；他的吸引力有些太过平凡，可以说几近无聊，很快那些女朋友就看够了他的"漂亮脸蛋"。只有芭比坚持得最久，算算大概有十八年了，光凭这一点就可以称得上奇迹了。但他们的争吵也从十八年前开始；严格说来，他俩根本不合适，不过人们也经常能见到，有些夫妻，对他们而言，不断地口角其实是他们婚姻的发动机，每一次的争吵都可以是一场前戏，随后在床上他们又会相互宽慰、和好如初。

但我有种感觉总是挥之不去，似乎一切都过于简单，芭比就这样轻易地在婚书上签上了她的大名，将自己的一生绑定在一个成功的政客身上，而现在要是分开，对投入的时间而言又太过可惜，就好比不幸读到一本坏书，当你读到一半时已经无法放下了，必须硬着头皮读完，她就是这样待在赛吉身边的——也许最后一幕可以对此做出些补偿。

他们有两个亲生的孩子：儿子里克跟米歇尔差不多年纪，患有轻微自闭症的十三岁的女儿瓦莱丽有着近乎透明的皮肤、美人鱼一般的美貌。还有博，准确的年龄不清楚，在十四岁到十七岁之间。博来自布基纳法索，是通过一个"发展援助项目"来到赛吉和芭比家的。这是一个向第三世界国家的学龄儿童提供书本等经济上的援助，并且之后"领养"这些儿童的项目。开始的时候，通过书信、照片、明信片等方式远距离联系，之后真正接触，然后被选中的儿童可以留在荷兰当地居民家一段时间，如果相处没有问题的话，他们就可以留下来。可以说是种代销商品，或者像是从动物收养所领回来的一只猫，但是假如这只猫把家里的沙发撕成了碎片，又或者满屋子撒尿，领养者就会把它送回去。

我还记得博从布基纳法索寄来的一些照片和明信片，其中有一张我印象最深刻，照片中，他站在一栋红砖墙、波纹状白铁皮屋顶的建筑物前。这是个漆黑的男孩，套着一件条纹的、类似睡衣的褂子，褂子一直垂到他的膝盖上方，裸露的双脚插在胶凉鞋里。

照片下方用小学生娟秀的笔迹写着"非常感谢爸爸妈妈为学校做的一切"。

"他难道不是个可爱的小家伙吗？"芭比曾醉心地说。她曾去过布基纳法索旅行，然后就坠入了"情网"——赛吉和芭比自己是这样描述的。

接下来是第二次旅行，表格被签发，几周后博就来到了史基浦机场。"你们可清楚自己在做些什么吗？"有一次克莱尔问道，在整个领养计划还没进行到明信片这一步时。可这就引来了气愤的反应。他们是在帮助别人！帮助一个孩子在这里得到他在自己的国家永远都无法得到的机会！他们当然绝对清楚自己在做什么，而这个世界上有太多太多的人纯粹只想着自己！

在不了解内情的人看来，他们这是百分之百无私的善举。里克那时才三岁，瓦莱丽只有几个月。所以说，他们不是一般的、因为自己没有孩子才去领养的父母，而是单纯出于博爱，为这个家庭领进第三个孩子。不是为自己的骨肉，而是为一个初始条件极差的孩子，提供一个在这里的崭新的、更好的生活。

但这究竟是怎么回事？他们到底在做些什么？

由于赛吉和芭比已经明确地让我们知道，这个问题是不允许提的，所以我们也就没有再提更多的问题。例如博的亲生父母是不是还健在，他们是否同意让自己的孩子离开他们？或者他是不是个孤儿，完全一个人孤零零地在这个世上？我得承认，芭比比赛吉更狂热地在推动领养一事。刚开始，这只是她的一个"项目"，一件她不惜任何代价也要得到一个好结果的事。她竭尽全力给予这个被领养的孩子和她自己的孩子同样多的爱。

不知何时起，领养一词最终变成了禁忌。"博就是我们的孩子，"她斩钉截铁地说，"没有任何不同。"赛吉赞同地点着头："我们爱他就像爱里克和瓦莱丽一样多。"

我不想判断这究竟是不是真话。不过后来，这个来自布基纳法索的、他们爱他和爱自己的孩子一样多的黑人小孩，确实为他赢得了名誉。原则上，领养一事就跟葡萄酒一样装点了他。赛吉·罗曼，有一个非洲养子的政治家。

现在，他更经常跟全家人一起照相，这感觉相当不错：赛吉和芭比坐在沙发上，脚边是他们的三个孩子。这个政治家不是十足的利己之人，至少在他的一生中，他做过一件无私的事，博·罗曼就是鲜活的证明。不管怎么说，他的两个孩子都是他亲生的，所以他完全没有必要再领养一个布基纳法索的孩子。也许赛吉从政也并非出自纯粹的利己主义。

一位女侍者给赛吉和我加了酒，芭比和克莱尔的酒杯还是半满的。这女孩长得还真不错，头发几乎是和斯嘉丽·约翰逊一样的金黄。她斟个酒需要很长时间，她的动作泄露了她的经验不足，很可能不久前她才开始在这家餐厅工作。她先从冷却桶中取出酒瓶，然后用冷却桶边缘上方打出褶的白色餐巾小心翼翼地将其擦干。斟酒本身也并非一帆风顺。她站在赛吉的椅子旁斟酒，肘部戳到了克莱尔的头。

"哦，对不起。"她红着脸赶忙道歉。

当然，克莱尔立刻就说没那么严重，但那女孩却慌乱到把赛吉的酒杯斟到满沿。其实这也没什么——但是对一个葡萄酒行家来说却是一件非常严重的事。

"喂，喂，喂，"我的哥哥叱责道，"难道你是要把我灌醉不成？！"他坐在椅子上后退了半米，似乎那女孩不是把他的杯子斟满，而是把半瓶酒都倒在了他的裤子上。她的脸更红了，眼皮不停地颤动，我真怕她的眼泪会突然喷出来。和其他穿黑围裙的女侍者一样，这女孩的头发也按餐厅的规定向后绑成了一根辫子，但在金黄色的衬托下，显得不像深色的那么紧。

她长着一张漂亮的脸。我不可自制地想象着，今晚迟些时候她把头发上的皮筋摘下、甩动头发的样子——在她结束了餐厅一天的工作之后——这糟糕的一天，正如她向女朋友（也或许是男朋友）倾吐的："你知道我今天发生了什么事吗？没错，又是我！你知道吗，与那些葡萄酒瓶、标签有关的一切装腔作势，已经把我逼疯了。今晚真是糟糕透顶！本来倒也没那么严重，可是你知道这是发生在何人身上吗？"那个女朋友或男朋友会注视着她解开的头发说："不知道啊，是谁呢？"为了增加悬念，这女孩会顿一会儿，然后说道："是赛吉·罗曼！""谁？？？""赛吉·罗曼！那位首相！也许他目前还不是首相，但你知道我指的是谁，他昨天还上了新闻，说他会赢得选举。一切都糟透了，另外我还用肘部撞到了和他同桌的一位女士的头。""啊，那个……噢，天哪！然后呢？""然后，没有了，他很友善，但我真想找个地洞钻进去！"

很友善……是啊，赛吉确实做得很友善，在他坐着倒退了半米，抬起头第一次看到这女孩的脸之后。我可以觉察出他的表情在肉眼无法观测到的百分之一秒内是如何变化的：从装出的对她笨手笨脚的愤怒和委屈，变成一种得到补偿后的友好。一句话：他融化了。他也注意到了我们刚刚见过的这女孩与斯嘉丽·约翰逊的相似度。他看到了一个"小尤物",一个脸涨得通红的无助的小尤物,让他的怜悯之心顿时彻底释放。他向她递去了他最迷人的微笑。"不过没关系。"他说,说罢拿起酒杯,不慌不忙地把酒倒了一些在盛着螯虾的盘子里,"这不就行了。"

"真对不起!"女孩又说了一遍。

"不用紧张。你多大了?可以参加选举了吗?"

开始我还以为自己听错了,我是不是非得做这尴尬一刻的见证人呢?就在这一刻,我哥哥半侧过头,对我眨了眨眼。

"我十九岁。"

"嗯,如果你在即将到来的选举中把票投给正确的党,那么我们就对你的斟酒技术睁一只眼闭一只眼。"

女孩的脸又红了起来,她的脸色变得更加鲜艳——在这几分钟之内,我第二次有这种感觉,她的眼泪马上就要喷出来了。我很快地看了芭比一眼,但她并没有表示出任何指责她丈夫这种行为的意思。相反,这一切似乎让她觉得非常有趣:这位国内知名的政客赛吉·罗曼,最强大的反对党的首席候选人,首相府极受欢迎的宠儿,公然与一名十九岁的女服务生调情,把她弄得面红耳赤。也许这就叫友善,也许这是他无法抗拒的魅力的又一次证明,抑或芭比觉得自己是一个像我哥哥这样的男人的妻子,简直棒极了。在车里,在来的路上或是在停车场,他还曾经把她弄哭过,但这到底又算得了什么呢?难道她会在这个时候突然弃他而去,在经历了十八年共同的婚姻生活之后?在离选举仅有半年之时?

　　我还尝试着跟克莱尔进行眼神的交流，可是她更关心赛吉过满的酒杯和女侍者的惊慌口吃。她迅速地摸了摸后脑勺被那女孩的肘部撞到的地方——谁知道呢，也许比看上去的要严重得多——然后问道："你们今年夏天还去法国吗？还是说，你们还没有任何计划？"

12

赛吉和芭比在多尔多涅有一处房产,每年都会带着孩子们去那里。他们属于那种荷兰人,认为只要是法国的,就是一等一的:从法式羊角包到涂有金银毕[1]奶酪的法式长棍,从法国轿车(他们自己开的就是辆高级标致)到法语歌曲,再到法国电影——全然不顾居住在那儿的法国人对荷兰人的仇视。多尔多涅的房子,每两栋就有一栋上面涂着反荷兰人的标语,但据我哥哥所言,那只是"一小撮可以忽略不计的人"的行为,商店里所有的人都对他们很友好。

"嗳,要看情况,"赛吉说,"还没有完全确定。"

一年前我们在去西班牙的途中顺道去了那里,三个人,第一次。"第一次,也是最后一次。"我们待了三天,离开的时候克莱尔说的。我的兄嫂已经苦苦哀求了那么久,让我们实在不得不去一次,如果还要再

---

[1] 金银毕(Camembert),又译卡门培尔、卡芒贝尔、卡门伯,是一种软的法国白霉圆饼形奶酪,以法国下诺曼底大区奥恩省维穆捷附近的村庄卡芒贝尔命名。正宗的金银毕,应该用生奶制成,表面遍布发霉的白毛,内部是黄色的,故称金银毕。

推下去就几乎可以称得上无礼了。

房子坐落在一个山丘上，掩映在树丛中，穿过树枝可以看到远处的山谷，多尔多涅河静静地流淌着，河湾处闪闪发光。我们在那儿的几天，天气闷热，没有一丝风，甚至在屋子背面靠墙的背阴处也热得让人无法忍受。在荷兰从来没见过的巨大的甲虫和绿蝇，在树叶间嗡嗡嗡地大声来回骚动，或是以同样的吵闹声啪啪地撞击着玻璃，弄得玻璃都在窗框里晃动起来。

我们被介绍给"咱们的泥瓦匠"，是他把外面的厨房和主屋连成一体的；面包师的"夫人"，她丈夫是一家"很普通的、只有附近的人才去的餐馆"的老板，餐馆坐落在多尔多涅河的一条分支的河畔。"我的弟弟。"赛吉向某人介绍我。身处法国人当中，他似乎自我感觉相当良好，毕竟都是些最普通的人，在荷兰，普通人是他的最爱，有什么理由不算上这儿的呢？

不过他似乎一点都不清楚，这些普通人可以从他这儿、从这个荷兰人身上和他的第二套房子上赚到大笔的钞票，这至少可以成为他们显示出最低程度的礼貌的原因之一。"如此友善，"赛吉说，"如此质朴。在荷兰哪里还有这样的人呢？"他似乎没有注意到，又或者他根本不想看见，在他说出了扩建厨房加顶所需的几片真正的乡村屋瓦的价钱之后，"咱们的泥瓦匠"让一大坨绿色的、混有鼻烟的泥糊拍在了他们的露台的地砖上。还有这位面包师的"夫人"，在赛吉介绍他的弟弟时，她其实很想继续服务她那些正排着长队的其他客人，就是这些客人，他们正互相眨着眼，交换着意味深长的眼神：所有的眼神都在诉说着对这些个荷兰人的蔑视。平易近人的餐厅老板在我们的桌边蹲了下来，像是在搞什么阴谋似的嘀咕道，他今天从一个农民手上弄到了些新鲜的葡萄蜗牛，这种蜗牛，那个农民一般不会轻易出手，但是现在却专诚以"特价"供给赛吉和"他可爱的家人"，不过即非如此，也能吃到别的地方吃不到的东西。其间似乎已经没有什么事能影响我的哥哥了，哪怕隔壁桌的法国客人拿到送上来的菜单，上面就有每日特惠，一个简单的每日套餐，包含三道菜，总价只有一份蜗牛的一半。至于在该餐厅尝酒之事，我已不愿再多说了。

我和克莱尔在那儿待了三天。在这三天里，我们还参观了一个酒庄。在那里，我们和其他上百个外国人——最主要是荷兰人——一样要排队等候，直到一位向导领着我们，穿过十二间里面摆着老式的架子床和低矮的小蟾蜍沙发椅[1]的、热得快要沸腾起来的房间。剩下的时间，我们都坐在花园里，这个花园最大的特点就是热。克莱尔还试着读点东西，我则感觉实在已经热到连书都不能打开的地步了，因为书的白页会刺痛我的眼睛。但是要什么事都不做也很困难：赛吉总有些事忙，有些房屋整修的事，他是自己搞定而不需要别人帮忙的。

"如果你自己动手整修房屋，就会赢得这儿的人的尊重，"他说，"这一点是可以感觉到的。"

因此，他不辞辛苦地亲自给手推车装上屋瓦，推到公路边把货卸下

---

[1]一种外形像蟾蜍或青蛙的单人沙发椅。

来，又在公路和厨房之间来来回回奔波四十几趟。他一定没有想过，他这种自我证明的方式，是否也许会剥夺本应属于"咱们的泥瓦匠"的部分有偿工作时间。

就连烟囱的木头他也自己锯，有时会让人觉得这是他竞选照片中的场景：赛吉·罗曼，这位人民的候选人与手推车、锯子、大木块为伍，一位与众人无异的普通人，只有一点不同——普通人无法在多尔多涅购置第二套房。这很可能是他为什么从不让新闻界的人来到这个被他称为他的"农庄"的地方的最主要原因。"这里是我的地方，"他说，"我和我的家人相处的地方。这与其他任何人无关。"

要是他有一刻正好不在运瓦或是锯木头，那么他就在忙着摘浆果啦、醋栗啦、黑莓啦，然后芭比用它们来做果酱：头上包一块农民的头巾，整天忙着把热腾腾、黏糊糊、闻起来甜甜的东西，大把大把地塞进上百个储藏罐里。对克莱尔来说，除了询问是否需要她帮忙以外没有别的可做，正如我觉得有义务帮赛吉弄屋瓦一样。"我能不能帮忙？"在他推了七趟车之后我问他。"那，我就不客气了。"他回答。

"我们什么时候能离开这里？"当晚上我们终于可以一起躺在床上，相互依偎靠近对方时，克莱尔问我——不能靠得太近，否则实在太热。她的手指被黑莓染得蓝蓝的，她的头发上也有更深的蓝色，甚至脸颊也有几条。

"明天，"我说，"哦不，我是说后天。"

我们在那儿的最后一晚，赛吉和芭比请了一些朋友和相识在花园里共进晚餐，全是荷兰的朋友和相识，没有一个法国人，他们都在这附近拥有第二套房。"别担心,"赛吉说,"只是一个小圈子,都是很好的人,真的。"

十七个荷兰人,还没算上我们三个,晚上就拿着酒杯、端着盘子站在花园里。其中有一个年纪较大的女演员("没工作没男人。"第二天早晨克莱尔对我说);还有一个骨瘦如柴的退了休的芭蕾舞动作设计者,这人只喝他自己带来的半升装的伟图水;另外还有一对不停地挑剔对方的男同性恋作家。

芭比摆了个自助餐,有沙拉、法国奶酪、小香肠和法式长棍,赛吉则献身于烧烤,他弄了个红白格子的围裙系在胸前,烤着汉堡包和吉卜赛串。"烧烤的艺术就在于火要恰到好处,"晚饭前的几个小时他对我说,"其他的都是芝麻绿豆。"我接到个任务:收集干树枝。赛吉喝得比往常都要多,烤肉架边立着一瓶外面套着篓子的葡萄酒,也许他脑子里想的都是这个夜晚的成功,比他肯承认的还要多。"在荷兰,他们现在这会儿就只会蹲坐在他们的土豆加酱汁前,"他说,"这简直不能去想。这儿的一切才叫生活啊,伙计们!"他用肉叉指向那些保护着花园不受贪食之人侵犯的树丛和灌木。

今晚所有我与之交谈过的荷兰人,都或多或少有同样的故事要讲,甚至经常是用同样的言辞。他们一点都不羡慕嫉妒他们因贫困或其他各种责任而留在家乡的同胞们。"我们在法国这儿过着如同上帝一般的日子。"一个按照她自己的说法在减肥产品领域工作了很多年的女人如是说。我开始还以为,她可能是想让自己显得幽默风趣,但后来我明白了:她确实是认真的!

我看着那些人，他们手中执着葡萄酒杯，映照在金黄色的光线之下，那是由赛吉安排在花园的战略性位置上的众多火把和舞会的灯光交织而成的光线。我的耳边传来了电视广告中那个老演员的声音，十年前——还是二十年前？"没错，在法国的生活真的如同上帝一般。喝着干邑白兰地，吃着正宗的法国奶酪……"

我的鼻子里又钻进了波尔斯因奶酪的气味，仿佛恰恰在这一刻，有人正用所有法式奶酪仿制品中最恶心的一种，涂抹了一片吐司，然后递给我。受灯光和这种恶臭的混合影响，我兄嫂的花园庆祝会使我觉得，它就好似一则腐败了的过时广告：一则二十年前的奶酪仿制品的广告，里面一克法国奶酪都没有，正如这儿——多尔多涅的中心的奶酪一样，在这儿，他们所有的人只是在扮法国人，真正的法国人恰恰通过他们的不在场而显目。

对一些反荷兰人的话语，他们所有人只是耸了耸肩。"这些顽劣的年轻人！"那个失业的女演员说。广告公司的一个文案员卖了"店"，打算在多尔多涅永久定居，他认为这些话主要是针对从荷兰来这儿度假的人，那些人所有的食品都是从家里带的，不会为当地的零售业花一个子儿。

"我们不一样，"他说，"我们在他们的饭店吃饭，在他们的酒吧喝保乐力加，读他们的报纸。如果没有像赛吉以及其他很多这样的人，可能他们的砖匠或白铁匠都要关门大吉了。"

"更不用说那些葡萄酒农了！"赛吉说着，举起杯子，"干杯！"

后面的远处，花园的阴暗角落里，灌木丛附近，那个骨瘦如柴的芭蕾舞编舞正和那对男同性恋作家中年轻一点的那个拥抱狂吻。我看到一只手消失在衬衫下方，立即撇过目光。

我在想，假如那些反荷的人不仅仅停留于话语会怎样？也许把这群好吃懒做、自由散漫的家伙吓走，并不需要花多大的力气。只要一点真正的暴力威胁，荷兰人很容易就会害怕。刚开始的时候，打破几片窗玻璃就够了，如果还没达到预期的效果，可以再烧掉一些二套房的玻璃。不用太多，因为此项行动的目的在于，使这些房子的所有权重新回到本来就有权利拥有它们的人的手中，比如年轻的法国人或刚结婚的小夫妻，由于现在暴涨的房价，他们只能住在父母家里。这些荷兰人在这块地区把房价搞得乌烟瘴气，甚至连个古堡废墟都贵得吓人。这些废墟经过要价相对较低的泥瓦工的改建，一年中的大部分时间都空着、关着。仔细想想，还真令人惊异，到目前为止鲜有事故发生，而当地的居民最多只是涂鸦几下而已。

我扫了一眼草坪，此间有人放上了一张伊迪丝·琵雅芙的 CD。芭比在庆祝会前就在身上裹了件宽松的黑色透明晚礼服，现在正尝试伴着不确定的、微醉的舞步，放声唱了起来："不，我没什么可后悔。……"如果砸玻璃或放火都不能达到想要的结果的话，那就必须采取些更强硬的措施，我还在想。人们可以用这样的方法把荷兰软蛋从他的房子里引出来，即骗他说带他去认识一个价钱很便宜的葡萄农，实际上是把他引到一片玉米地痛打一顿——不光是一顿拳打脚踢，还有棍棒相加。

或者随便在哪儿看到一个荷兰人在街上瞎逛，拎着个装满法式长棍和葡萄酒的篮子走在个拐弯处，或是从超市回家的路上，人们可以让所驾车辆如避开障碍物一般突然转向——几乎是出于疏忽。之后人们就会一直说"突然一下他就出现在了引擎盖上"——也许根本什么也不说，就让这荷兰人像只被轧死的兔子一样躺在街边，然后在家里销毁保险杠和挡泥板上可能留下的痕迹。只要使馆的人一到，所有的一切就搞定了：你们本就不该来这儿！滚回你们自己的国家去！去你们自己的地方用长棍、奶酪和红酒扮法国好了，不要在这儿，在我们的领地上！

"保罗……！保罗……！"草坪的中央，芭比向我伸出手臂，她飘动的长裙离一根舞会蜡烛近得危险。音箱里亮出一声"我的上帝"——跳舞，在这片草地上和我哥哥的女人跳舞，如同上帝在法国。我绝望地寻找着克莱尔的身影，终于，在一张摆放奶酪的桌子后面，我发现了她——就在这一刻，我们的眼神交汇到了一起。

她正陷在与那个失业女演员的交谈中，悲伤地看着我。在我们家乡荷兰，宴会上的这种眼神只有一个意思："我们可以走了吗？"可我们还不能走，我们已经被诅咒了，要痛苦地待到结束，明天我们就可以离开了。克莱尔现在的眼神只是在说"救命啊"。

我打了一个手势，告诉我的嫂嫂，我刚好这会儿不能，但是过会儿一定会和她在这草地上跳舞，然后便走向奶酪桌。"微笑吧，我的上帝……！歌唱吧，我的上帝！"伊迪丝·琵雅芙唱道。当然，在多尔多涅这许多拥有第二套房产的荷兰人当中，总是会有不听教诲的类型，我思考着。这些人把头埋进沙子里，他们在这儿就是一帮不受欢迎的渗入者，这样的意见休想渗入他们的脑袋。他们拒绝看见各种信号，并在所有这一切——砸玻璃、放火、同胞被杖打和轧死事件发生之后，仍然坚持这只是"一小撮可以忽略不计的人"的所作所为。也许对这最后一帮荷兰的榆木脑袋，还需要用点更暴力的手段才能把他们从幻想中拉出来。

我不禁想到《稻草狗》[1]和《激流四勇士》[2]这两部每当我在农村时我的脑海中就会浮现的电影，但在这儿，在多尔多涅，在我兄嫂创造了他们自称为"法国天堂"的山坡上，这种状况比以往都要更糟。《稻草狗》中，对那些设想着来这片苏格兰的乡村买栋漂亮的房子的新定居者，当地的居民从一开始的刁难发展到后来的血腥报复。《激流四勇士》讲述的是美国的深山野人偷袭一群来自都市的泛舟旅行者的故事。两部电影都没有避讳施暴和谋杀场景。

在开口跟我说话之前，那女演员先把我从头到脚打量了个遍。"您的太太刚刚跟我说，你们明天要离开我们。"她的嗓音甜得做作，就像无糖可乐里的甜味剂，或是给糖尿病患者吃的糖果的馅，这些东西按照包装上的说明是不会使人发胖的。我看向克莱尔，她迅速地望了望繁星点点的天空。"然后还要去西班牙。"

我又不禁想起《稻草狗》里面我最喜欢的场景。

---

[1] 一九七一年由美国导演山姆·佩金法执导、达斯汀·霍夫曼主演的惊悚片。
[2] 一九七二年由约翰·保曼导演的一部关于冒险的影片。

　　不知这矫揉造作的声音会变成什么样，如果它的女主人被几个喝醉酒的法国泥瓦匠拖进一间仓库里⋯⋯喝到烂醉如泥时他们会连女人和只剩外墙的废墟都无法分辨。当这些泥瓦匠开始着手早就该做的保养维修时，这女人是不是仍旧有备好的台词可用？当城墙逐层被铲平，她自然的声音是不是会重新显露出来？

　　此时，花园的边缘出现了一阵骚乱，不是在阴暗的、有灌木的、芭蕾舞动作设计者正要脱年轻一点的男同性恋作家衣服的那侧，而是在靠近房子的一侧，在通向乡间马路的石子小路附近。

　　大约有五个男人——法国人，我立刻就看到了，即便很难解释我如何能这么快就看出来：很可能是因为服装，他们的服装虽显得有些乡土气，却不像荷兰人的衣服那样装腔作势、随随便便兼邋邋遢遢。其中一个男人肩上挂着杆猎枪。

　　也许孩子们确实像我们的米歇尔第二天仍坚持声称的那样说过点什么，或是其间获得过可以离开宴会"进村"的准许。另一方面，在过去的几小时里，我也没有真的想过他们。赛吉的女儿瓦莱丽整晚大部分时间都蹲在厨房的电视机前；不知什么时候她和我们大家道了声晚安，连她的叔叔保罗也得到了两个脸颊之吻。

　　现在米歇尔正被两个法国人夹在中间，他的头垂着——夏天时，他让他长到了肩膀的黑发向下顺滑地挂着，其中一个男人紧抓着他的上臂。赛吉的儿子里克也被紧抓着，也许根本没那么紧，有一个法国人把一只手搭在他的肩上，好像他不会再有什么危险举动似的。

　　其实最主要的是博，那个来自布基纳法索的被领养的儿子，那个通过给他的学校捐赠白铁皮屋顶的建筑、给他带来新的父母的"发展援助项目",在荷兰稍事停留后降落到多尔多涅的一群荷兰人中的领养儿,才必须被制服,免得造成更多危害。他不停地乱跺乱挥,另两个法国人把他的手臂扳到了背后才最终将他制伏在地,把他的脸埋进我哥哥的花园的草地里。

"先生们⋯⋯!先生们!"我听见赛吉边急忙大步走向这群人边用法语在喊。但很明显,他已经喝了不少本地区产的葡萄酒,因为正常的走路对他而言都有些吃力。"先生们!这儿到底发生了什么事?"

13

　　我去了趟洗手间，等我回来的时候，主菜还没上来。不过有瓶新的酒立在桌子上。

　　显然，洗手间的设施人们也花过一番心思，只是"厕所"或"WC"这样的称谓究竟是否还合适？到处都是水流汩汩，不仅从不锈钢做的小解池壁流下，就连装在花岗岩里的一人高的镜子表面也在流。也许可以说，这家餐厅里的所有东西都追随着一种风格：服务员绑成辫子的头发，黑色的服务生围裙，迎宾台上的艺术台灯，来自有机农场的肉，餐厅主管的条纹西装——只是没有任何一处可以让人清楚地判断出，究竟它们走的是哪种路线。这大概可以和一些名牌眼镜作比，这些眼镜并不能真的突出主人的个性，恰恰相反，它们最主要的目的是把别人的眼球都集中到自己身上来：我是一副眼镜，哎呀，你竟敢忘记这一点！

　　我其实不是非得去洗手间不可，我只想消失一小会儿，从我们的桌子、从关于电影和度假时间的废话逃开一会儿，但当我形式化地站到不锈钢做的小解池前、解开裤子拉链后，那潺潺的水声和洗手间里柔柔的轻音乐，使我顿时感到一阵强烈的尿意。

　　就在此时，我听到门被打开了，洗手间进来了一位新访客。我不是那种若有人与我共处一室就可能会突然解不出来的人，不过就是会久一点，主要是解出来之前的酝酿过程会需要比较长的时间。我在心里骂自己，为什么没找一个可以关上门的马桶间。

新来的那位咳了几声，然后哼了个曲调，是我相当熟悉的曲调。啊，对了，是《一曲销魂》[1]。

《一曲销魂》是……该死，歌手叫啥来着？罗伯塔·弗拉克！总算想起来了！我向着天空快速做了个祈祷，祈求这男人找个马桶间，可是我的余光却瞟见他站到了离我只有不到一米的小解池前，做完剩下的动作，立刻就听到一柱水柱射向小解池壁，与顺池壁而下的水流冲撞出清澈的声音。

这是一种相当自我陶醉的水柱，一柱没有什么比展示自己的健康壮实更令其欢欣鼓舞的水柱，可能以前在小学，这水柱也曾属于过能将小便射得最远的男孩，它在空中画出一道弧线，降落在小溪的另一边。

我向边上扫了一眼，从这一水柱的制造者身上认出了这个留着胡须的男人：这个留胡须的男人就是坐在我们邻桌、女朋友比他小很多的那个男人。而他此时也向旁边看了一眼。我们点了点头相互示意，如同人们在相距一米一起撒尿时会做的那样。

这男人的嘴角扯出一抹嘲笑——一种胜利的嘲笑，让我忍不住想，

---

[1] 美国老牌黑人女歌手罗伯塔·弗拉克（Roberta Flack）的经典歌曲 *Killing Me Softly with His Song*。

这是能射出强有力的水柱的男人发出的典型的嘲笑，嘲笑那些没法像他一样尿得如此轻松的男人。

强有力的水柱难道不也是男子气概的一种象征吗？在分配女人的时候，强有力的水柱难道不是可能会给它的主人带来优先选择权吗？反过来，软绵绵的水滴难道不是一种暗示，暗示那下面，可能还有哪里堵住了吗？如果女人们不是受强有力的水柱的潺潺声支配，而是倾向于软绵绵滴水的男人，这不是在开玩笑吗？

小解池两边没有安挡板，我只需要向下瞟，就能看到胡须男的那家伙。根据潺潺的尿声来判断，这一定是根大家伙。我在想，一根不知廉耻的大家伙，深灰的、充满血色却很粗糙的表皮下还凸着粗大的青筋：一种会引诱男人们去裸体沐浴野营地度假，或是给自己添置最小号的、用尽可能薄的料子做成的紧身泳裤的家伙。

我消失了一小会儿，因为实在有些受不了餐桌上的话题。从度假到多尔多涅，最后我们甚至谈到了种族主义。我认为，人们对种族主义的掩饰和缄默，并不能将其消除，而只会让其变得更糟糕。我的妻子也很支持我的观点，没有任何准备，甚至之前看都没看我一眼，就急忙来支持我了。"我想，保罗是指……"她开始论述她认为我是怎样想的。这话要是换其他任何一张嘴说，听上去就会有种贬低或是保护、管束的意味，似乎我连将自己的观点用通俗易懂的语言组织起来的能力都没有。但是从克莱尔的嘴里，"我想，保罗是指……"的意思不多不少就是指，其他人反应都太迟钝，不能理解她的丈夫给他们的已经再清楚不过的指点，以至于她渐渐失去了耐性。

　　之后我们又聊了一会儿电影。克莱尔把《猜猜谁来吃晚餐》[1]称为史上"最种族主义的电影"。其情节是个耳熟能详的故事：一个家境富裕的白人家庭的女儿将她的未婚夫带回家，让她的父母（分别由斯宾塞·屈塞和凯瑟琳·赫本饰演）大为吃惊的是，这位未婚夫（西德尼·波蒂埃饰）竟然是个黑人。用餐过程中，一切渐渐明朗化：这个黑人是个上等的、聪明的黑人，西装革履，在大学任教。从学识的角度看，他远远超过他的未婚妻的白人父母，确切地说，他们只是一般的上层中产阶级，对黑人充满偏见。

　　"而正是在这些偏见中藏着种族主义的马脚，"克莱尔说，"因为她的父母从电视里和他们不敢踏足的聚居区认识的黑人，都是又穷又懒，总是与暴力、犯罪挂钩。但很幸运，他们的未来女婿是个经过了改造的黑人，身穿得体的白人的三件套西装，使他尽可能看起来与白人相似。"

　　在我妻子阐述的过程中，赛吉始终以一个感兴趣的听众的眼神望着她，但他的肢体动作却泄露出，对他而言，听不能马上被他清楚地归为"美乳""紧臀"或是"我不会被踢下床"一类的女人说话，是多么困难的一件事。

　　"一直到很久之后，电影中才出现未被改造过的黑人，"克莱尔继续说，"戴棒球帽、开时髦轿车的黑人：来自不太好的聚居区的暴力的黑

---

[1] 二十世纪六十年代一部反映美国长期存在的种族主义问题的电影。影片由斯坦利·克雷默执导，斯宾塞·屈塞、凯瑟琳·赫本主演。

人。但是他们却是真实的，至少他们不是一味地模仿白人。"

我那兄弟咳了几声，清了清嗓子，坐直身子，向桌子倾了倾，好像要找个麦克风。没错，看上去就是这样。我在想，他的每个动作都淋漓尽致地表现出作为国内知名政客、总理府宠儿的姿态，如同在省乡镇议会厅里回答群众中的一位妇女提问。

"克莱尔，请你解释一下反对改造过的黑人的理由！"他说，"你这么说的话，会让听的人以为你似乎更喜欢他们保持原样，即便这意味着他们还得待在他们的黑人区里，多吸食几克冰毒弄死自己，没有任何机会提升社会层次，没有任何机会进步。"

我看着我的妻子，在心里鼓励她给我的哥哥仁慈的致命一击，球就停在十一米处的罚球点，她只需要将它推入空门。实在难以用语言总结，他是如何偷偷地把一个即便只是简单的关于人类和他们的差别的讨论也弄得上纲上线的。社会层次的提升、进步……一个词而已，再无其他。对着党众说的废话。

"我不是在讨论进步，赛吉，"克莱尔说，"我说的是我们——荷兰人，白种人，欧洲人——对其他文化的印象。我们恐惧它们。如果不是穿着体面——就像你和我，或者外交官、办公室白领，而是头戴棒球帽、脚穿弹力耐克鞋的一群黑人朝你迎面走来，你难道不是要绕道而行吗？"

"我从不绕道而行。相反，我认为我们应当平等地对待每个人。你说我们有种恐惧感，这一点我同意。如果能先摒除我们的恐惧，那么我们就可能到达一个新的起点，从那儿开始我们可以共同努力，促进相互理解。"

"赛吉，我可不是那种你需要用'进步''理解'这种空洞的字眼来与其辩论，从而说服对方的人。我是你的弟媳，你弟弟的妻子。这儿只有我们，是朋友，是家人。"

"我们讲的是我们有当一个傻瓜的权利。"我说。

一阵众人皆知的、仿佛谚语所描述的安静——一根针掉地下都能听见，如果没有餐厅噪声的妨碍的话。若是断言桌旁所有的头在此刻都扭过来朝向我，如同人们偶尔会读到的那样，似乎有点太武断，但我的话绝对引起了人们的注意。芭比咯咯地笑。"保罗……！"她提醒道。

"不，真的，我突然想到了几年前的一个电视节目，"我解释道，"想不起来叫什么名字了。"我绝对知道它的名字，只不过没兴趣，因为这只会岔开话题。这名字会引起我哥哥的冷嘲热讽，从而事先扼杀我原本的意图。"我还真不知道你会看这种节目……"诸如此类的话。"是关于男同性恋的。有人采访了一个女人，她楼上住着两个同性恋者，两个同居的男人，他们有时会帮这位女邻居照顾她的猫。'真是可爱的人，这两个小伙子！'这女人说。其实她是想说，她的这两个邻居虽是同性恋，但他们帮忙照顾猫的行为证明了他们也是和你我一样的人。那女人懒洋洋地坐着，脸上散发出沾沾自喜的神采，因为从今以后所有人都会知道，她是多么宽容。楼上的两个年轻人真的是可爱的人，即使他们做的是有伤风化的事，简直是不道德、不健康、有违伦常，简言之，性取向反常。但对她的猫的关心照顾把这一切都弥补了。"我稍事停顿。芭比笑了笑。赛吉抬了几次眉毛。克莱尔，我的妻子，则显得很开心——她总是这样注视我，只要她知道该往哪个方向。

"为了能够理解这女人说的关于她的邻居的话，"我继续讲，"必须将里面的情景倒过来想一想。假如这两个可爱的同性恋没有给那些猫喂过布莱奇斯[1]，而是用石头去砸猫，或是从阳台扔下有毒的猪后腰肉，那么他们就又会是令人恶心的同性恋了。我想，克莱尔在讲到《猜猜谁来吃晚餐》时所表达的意思是：那位友好的西德尼·波蒂埃也是个可爱的人，那个电影制片人并不比电视里的那个女人好得了半分。事实上，西德尼·波蒂埃起到了一个榜样的作用。他必须充当其他所有令人讨厌、惹人反感的黑人的榜样——那些危险的黑人，盗贼、施暴者和吸毒者。不过，如果你们也能像西德尼一样，穿件漂亮的西装，当个模范女婿，那么我们这些白人也会伸出双臂拥抱你们。"

---

[1] Brekkies，一种猫粮。

14

　　大胡子男人在擦手，我也拉上了裤子拉链。我只是这样做，好像我已经尿完了，哪怕别人并没有听到任何声音，然后径直朝门口走去。我的手都已经摸到高级不锈钢门把上了，只听后面的大胡子男人说："你的大人物朋友坐在餐厅里吃饭，难道他不觉得这样有些令人讨厌吗？"

　　我定在原地，没有转动把手，而是向他半侧过身子。大胡子男人用好多张纸手巾擦手。隐藏在胡须丛之后的嘴又扯出一抹冷笑——但这回不是胜利的嘲笑，而是近乎龇牙的仇视。这冷笑在说，说出这句话，我并不觉得抱歉。

　　"他不是我的朋友。"我回答道。

　　冷笑消失了，他的手也停止了搓来搓去。

　　"对不起，"他说，"因为我看见您坐在那儿。我和我的女儿，我们想：我们要表现得正常一些，不去盯着他看。"我什么也没说，不过原来那是她的女儿这个秘密的揭穿给我带来的轻松，比我愿意承认的还要多，哪怕事实是，他肆无忌惮的尿柱也足以勾上比他年轻三十岁的女孩。他把湿纸团扔进不锈钢制的、带弹性盖的垃圾桶里，对他而言，要一次性让被扔的东西消失在桶中，着实有些不易。

"我问自己，"他说，"我问自己，是不是可能，我和我的女儿，我们认为我们的国家需要一些改变。她在大学念政治学，我问自己，她是不是有可能和罗曼先生一起拍张照？"

他从上衣口袋里掏出一个闪亮的扁扁的相机。"不会很久的，"他说，"我明白，这是个私人的聚餐，我也不想打扰他。我的女儿……我的女儿一定不会原谅我竟敢提出这样的要求。她一定马上就会说，不应该在餐厅里盯着一个知名的政治家看，更不应该为合影之事打扰他，而应该在他本来就微乎其微的闲暇时间里给予他充分的安静。但另一方面，我知道，如果能与赛吉·罗曼合影一张，她一定会高兴极了，我想。"

我看着他，问自己，有一个他的脸不被众人所知的父亲会是怎样呢？是否有朝一日，做女儿的会对这样的父亲失去耐性——或是就这样习惯了，如同习惯丑陋的墙纸一般。

"没问题，"我说，"罗曼先生总是非常乐意与他的党派拥护者接触。我们这会儿正在进行一场很重要的谈话，所以您得密切关注我的眼神。如果我给你一个信号，那就是去与他合影的最佳时机。"

15

当我从洗手间回来时，笼罩在我们桌上的是一片寂静——一种紧张的寂静，这立刻给人一种指示：你错过了一些关键的内容。

我和大胡子一起回到餐厅，他走在前面，因此直到靠近我们的桌子时，我才注意到这寂静。不，不是寂静，而是其他的事：我妻子的手，斜穿过桌子，握着芭比的手。我哥哥的目光僵在他的空盘子上。

直到我在我的椅子上坐下，才明白过来，原来芭比哭了——无声的哭。伴随她的眼泪的，只有她肩膀几乎觉察不出的抽搐和手臂的颤抖——就是那只手被克莱尔握住的手臂。

我试图用眼神与我的妻子交流。克莱尔眉毛上扬，向我的哥哥投去意味深长的目光。恰好在此刻，这家伙抬起头，傻傻地望着我，肩膀还在抽搐。"哦，你来得还真是时候，保罗，"他说，"也许你在厕所再多待上一会儿会更好。"

芭比猛的一下把手从我妻子的手下抽开，从怀里掏出她的纸巾，扔进她的盘子。

"你真是个十足的大蠢货！"她对着赛吉骂道，并把椅子向后推。下一秒，她便跨着大步，穿过一张张桌子，走向洗手间——或是大门，我还在想。但是我觉得她应该不太可能把我们就这样甩在这儿，自己离开。她的肢体动作、她穿过桌子时刹了车的速度都在告诉我，她希望我们当中有人能跟着她去。

确实，我的哥哥已经半起身，但克莱尔拉住了他的前臂。"让我去吧，赛吉。"她说着，也站了起来，匆匆地穿过桌子。芭比马上就消失在我的视线范围内，因此我没法判定她究竟是选择了洗手间，还是外面的新鲜空气。

我哥哥和我对视着。他尝试含糊地微笑，可惜并不成功。"是这样的……"他开始说道，"她在……"他看了看周围，然后微微倾向我，"并不是你想的那样。"他说得很轻，我几乎听不到。

他的脑子真是有点问题，还有他的脸。虽然他一直是这副面孔，但是我怎么觉得他的脑袋好像在空中飘浮，跟他的身体，甚至是一个连贯的思想都没有直接联系。他让我想到一个漫画人物，刚刚被踢掉了屁股底下的凳子，而他还在空中停留了一会儿，才发现凳子已经没了。

我想，如果他带着这副尊容到集市上去给民众分发传单，呼吁他们在将至的选举中为他投上一票，那他们一定不予理睬。这张脸让我想到一辆崭新的车，刚从销售商手上买下来，在第一个拐角处就蹭上了一根墩柱，留下了刮痕。没有人会想要这样一辆车。

赛吉站起身，坐到了我对面的椅子上——克莱尔，我妻子的椅子。此刻他一定透过他的裤子感受到了我妻子的体温。这个想法简直让我发疯。

"好啦，现在我们可以更好地谈话了。"他说。

我没出声。我选择忠于自己的心，而我哥哥最期待的我的表现是：坐立不安。我不会给他扔救生圈的。

"她最近有些问题，关于她的，好吧，我总觉得这个字眼有点奇怪，"他说，"关于她的更年期。这个词听上去好像永远不会与我们的女人有关。"

他停了一会儿。也许他是打算让我开始讲点关于克莱尔的事，讲讲克莱尔和她的更年期。"我们的女人"，是他说的。但是这与他毫不相干。克莱尔有过或是没有过什么，这是私事。

"都是激素在作祟，"他继续道，"一下子觉得热得要命，就乒乒乓乓把所有的窗子都打开，下一秒又突然哭了起来。"他别过仍然看得出有些醉醺醺的脑袋，看看洗手间，又看看餐厅大门，然后重新朝向我。"也许她能跟另一个女人就那件事交换点意见，这样会比较好。你知道的，女人和女人。在现在这样的时刻，我不管做什么都是错的。"

他露出牙齿笑了笑，我没有笑回去。他从桌上抬起手臂，甩了甩双手，然后用肘部枕着桌子，指尖搭在一起，倏地又环顾了一遍四周。

"其实我们得聊点别的，保罗。"他说。

在心里我感觉到，整个晚上都存在在那儿的冷酷和凝重又加重了几分。

"我们得谈谈我们的孩子们。"赛吉·罗曼说。

我点点头，然后很快向侧面瞟了一眼，再次点了点头。那个大胡子男人已经朝我们这个方向张望了好几次。为了让他更清楚地接收讯息，我点了第三次。大胡子男人回点了一下。

我可以看到他放下刀叉，转向他的女儿，对她低声言语了几句。他的女儿飞快地抓起她的包，在里面翻来翻去。此间，她的父亲从上衣口袋里掏出相机，并站起了身。

主　菜

16

"葡萄。"餐厅主管道。

他的小指距一串微小的、带着圆形果实的葡萄还不到半厘米，开始我还以为那是浆果——醋栗或是其他什么。我对浆果的种类不熟，我只知道，大部分都是人享用不得的。

那"葡萄"躺在一片深紫色的生菜叶边，距盘子里真正的主菜整整五厘米，两者之间全是空白地带。"珍珠鸡里脊，包上薄如轻纱的德国熏板肉。"连赛吉的盘子里也没有少了葡萄和生菜叶，但我的兄弟点的可是腓力牛排。关于腓力牛排，除了是块肉以外，没有什么可多做解释的，不过有一点却必须一提——餐厅主管又开始讲授这块肉的来历了，从动物可以"自由"跑动的"生态农场"，讲到它们被宰杀。

我注意到，赛吉越来越失去耐性了，他饿了，是以赛吉才有的方式饿了。我了解那些症状：他的舌尖在舔上唇，像动画片里一只饿极了的狗的舌头；他的手在不停地搓，不知情的人可能还会以为是种期待中的喜悦，但此处绝非如此，我哥哥是不会有期待的喜悦的。在他的盘子里是一块腓力牛排，这块腓力牛排必须被消灭。以最快的速度！他必须现在（现在！）就开吃！

只是为了激怒我哥哥，我向主管询问关于这葡萄的学问。

芭比和克莱尔还没有回来，但这点他并不关心。"她们马上就会回来的。"在足足四个穿黑围裙的女侍者列队端着我们的主菜，后面跟着餐厅主管时，他这样说。主管向他询问是否需要再等一会儿，等我们的女士们都回来之后再开始上菜，但这个提议立刻就被赛吉拒绝了。"请放下吧。"他说，舌头已经舔到了上唇，搓手的动作亦无法再抑制。

餐厅主管的小指先是指向我那包上了薄如轻纱的德国熏板肉的珍珠鸡里脊，然后又指向配菜：用一根牙签穿在一起的一撮"烤宽面条加茄子和乳清干酪"，长得就像袖珍版的俱乐部里的三明治，又像是被一根弹簧刺穿已久的玉米棒。那弹簧应该是为了方便人们拿玉米棒，不至于把手弄脏，可效果却显得那么可笑，不，不是可笑，而似乎是有意使其显得滑稽，好比大厨眨了个眼。弹簧镀了铬层，两头伸出抹了金灿灿的黄油的玉米棒各约两厘米。我对玉米棒没有一丝好感，转来转去地啃它就已经让我很是厌恶了，没吃到多少东西，牙缝里却卡了不少，一边还有滴黄油顺着下巴滴下来。另外，我脑子里始终也抛不开一个念头：玉米棒最主要是用来喂猪的。

在餐厅主管诠释完"生态农场"——赛吉的腓力牛排就是从这农场养出来的牛身上割下来的——和它的生态而科学的养殖方法，并宣布他马上会再来一次，为我们的女士们讲解盘中菜肴之后，我指了指那葡萄或是浆果，问道："这是醋栗吗？"

赛吉已经把叉子叉进他的腓力牛排里了，他已经完成部署，正要切下一块来。他握着锋利的锯齿状餐刀的右手，已经在盘子上方挥动。餐厅主管本来已经半转过身要离开我们的桌子了，但现在又转了过来。在他的小指渐渐逼近葡萄的同时，我密切追踪着赛吉的表情。

他的脸上迸射出不耐烦的光，对这半路杀出来的拖延十分不耐烦，甚至光火。克莱尔和芭比还没到场，他全然不在意，但光是在有只陌生的手在我们盘子附近晃动时用牙齿去啃肉的想法，就会让他觉得难以消化。

"现在究竟是怎样，这些个浆果？"他插了进来，在主管终于离开又只剩我们俩的时候，"你什么时候开始对浆果感兴趣了？"

他从腓力牛排上切下扎扎实实的一块，推进了嘴里。咀嚼的过程不足十秒。吞下去之后，他盯着他的盘子盯了几秒，看上去似乎是在等肉到达他的胃，然后把刀再次伸向盘子。

我站了起来。

"又怎么了？"赛吉叹着气。

"我去看一下，她们这么久去哪儿了。"我说。

17

我先尝试了一下女洗手间，小心翼翼地把门推开一道缝，为免吓人一跳。

"克莱尔……？"

撇开小解池，里面的空间设计与男洗手间简直一模一样。不锈钢、大理石、轻音乐。唯一不同的只有摆在两个洗手盆之间的花瓶，里面插着水仙花。我又不禁想起这餐厅的主人，想起他的白色翻领毛衣。

"芭比？"

我大声地叫出嫂嫂的名字，其实只是形式上，这是一种借口，借此我可以为我在女洗手间门前出现一事加以辩护，若里面其中一间真的有人的话，但似乎事实并非如此。

我从更衣室和迎宾台的女服务生旁边经过，走向餐厅大门。外面温暖而惬意，圆月透过树枝间的缝隙穿射下来，空气中飘着一些我无法准确归类的味道，不过这味道有点让我想起地中海。远一点的地方，公园的尽头，能隐约辨认出开过的汽车的头灯和一条马路的路灯的灯光。再远一点的地方，穿过灌木丛，小酒馆的窗户闪着光，里面的平民正开心地享用着他们的猪排。

我沿着两旁是电子火炬的石子路左拐，走到一条环绕餐厅的小路上。右边是一座跨在一条水沟上的桥，穿过桥可以走到大路和小酒馆，左边是一个四方的池塘。池塘消失的黑暗处，我可以看到一些东西，起初还以为是一堵墙，仔细看清楚才发现原来是一人高的树篱。

我又向左转了个弯，沿着池塘往前走，餐厅的灯光倒映在昏暗的水中。从这儿可以清楚地看到餐厅里用餐的人。我继续向前走了一小段，然后停了下来。

我们之间的距离不到十米。我可以看见我哥哥坐在我们的桌前，他却看不到我。在等待主菜的过程中，我向外张望了好几次，因夜幕降临，最多只能看到个大概的轮廓。然而窗玻璃的反射如此之强，从我的座位向外只能看到映出的整个餐厅的影像。赛吉得把他的脸紧紧压在窗玻璃上，才有可能看到我站在这儿，不过，除了池塘另一边的一个黑影以外他还能看清什么，就不得而知了。我环顾了一番，在这黑暗中我唯一能辨别清楚的，只有那荒无人烟的公园。没有任何克莱尔和芭比的踪迹。我的哥哥放下了手中的刀叉，用餐巾纸抹了抹嘴巴。从这儿我看不到他的盘子，但我敢打赌，那盘子空了：他吃完了，饥饿感已被消除。赛吉抓起他的杯子喝着。在那一刻，那个大胡子男人和他的女儿站起身来，向门口的方向走去，到达赛吉的桌前时，他们放慢了脚步。我看着，大胡子男人抬了抬手，他的女儿笑了笑，向赛吉打招呼，赛吉则举起杯子回应。

他们一定想再次为照相的事表示感谢。赛吉的表现真的可算是绝对礼貌，从一个正在用餐的私人个体，到国内知名的、一直保持个人本色、平凡如你我、随时随地都可与其交谈，且并不因此就认为自己高人一等的政客，这角色的转换真是进行得天衣无缝。

也许我是唯一察觉到他眉间因恼怒而起的褶皱的人，在那个大胡子男人与他攀谈的时候："请原谅，您……您……这儿的这位先生向我担保不会有什么问题，如果我们……"那褶皱只出现了一秒，然后我们看到的就是赛吉·罗曼，这位人人都可以投票给他、与普通人在一起感觉良好的首相候选人。

"当然！当然！"在大胡子伸出相机指着他的女儿时，赛吉和蔼地叫道。"你叫什么名字？"他问那女孩。这不是个特别漂亮的女孩，不是那种会让我的哥哥两眼冒金光的类型：不是会让他为其卖力的女孩，不像之前那位笨手笨脚、长得像斯嘉丽·约翰逊的女侍者。但是她的脸蛋生得绝对俊俏，是一张透着智慧的脸，我得纠正一下——实际上有点过于智慧了，对跟我哥哥合影来说。"内奥米。"她答道。

"来，坐我旁边，内奥米。"当这女孩坐到一把空的椅子上时，赛吉伸出一只手搭在她的肩上，说道。大胡子向后退了几步。在相机闪过一次之后，他说："保险起见再来一下。"于是又按了一次快门。

照相的这一幕引起了一阵必要的骚动。邻桌的人们曾试图无视照相的场景，结果却像之前赛吉踏进餐厅之时一样：人们装作无事发生，事实上确实发生了。我不知道如何更准确地来描述这一切，就好像出了个事故，人们纷纷从旁经过，因为不想看见血，或者更简单地说：就像路边躺着一只被轧死的动物，人们看到了它，从远处就已经注意到了它，却不会去仔细多看一眼。人们对血液和被轧出的内脏没有兴趣，因此人们随便看向哪里都好，比如看向天空，看向稍远处的草地上茂盛的灌木，就是不看路边。

赛吉真的表现得相当之和蔼，手还搭在她的肩上：他把那女孩向自己拉近了一些，然后斜过脑袋，斜得几乎要触到她的头。这一定会是一张美妙的照片，一张大胡子男人也许并未期待过的美图。但我有种感觉，赛吉不可能表现得那样和蔼，如果旁边坐的不是这个女孩而是斯嘉丽·约翰逊（或是那位长得像斯嘉丽·约翰逊的女侍者）的话。

"最最衷心地感谢您，"大胡子男人说，"我们就不再继续打扰您了，您是来这儿享用您的私人时间的。"

那女孩（内奥米）什么也没说。她向后推了推椅子，站到她父亲身边去。

但他们还没离开。

"您经常遇到这种事吗？"大胡子问道，并向前倾了倾身子——这样他的头几乎就在我们的桌子上方——更小声更亲密地继续说道，"有人就这样过来问您能否和您合影？"

我的哥哥盯着他，眉间又出现了那道褶。"他们现在还想怎样？"那道褶说，"这大胡子和他的女儿已经得到了他们想要的和蔼一刻，现在他们应该消失了。"

这回我真得同意他的意见。我们一起经历过多次那些人在赛吉旁边缠着他久久不肯离去的状况。说再见对他们来说很难，他们想把这一刻无限延长。是的，他们几乎总是想要更多，一张照片、一个签名还不够，他们还想要些额外的东西、额外的待遇。他们和其他同样拿到了照片或签名的人之间，必须有所区别，一个他们第二天可以公告天下的故事：你知道，我昨天晚上遇见了谁吗？对，就是他。那样友善，那样平凡。我们以为拿到照片之后，他就会想要恢复安静，但不是！他还请我们跟他同坐，并坚持要我们和他一起喝一杯。可不是每个名人都会这样做的，但是他做了。然后就聊到了很晚。

赛吉看向这个大胡子男人，眉间的褶皱又加深了几分，但在陌生人看来，只是因灯光晃了眼而皱起的纹路。他把刀子移到桌布上方，离开盘子一点点距离，然后又移了回去。我知道他正处在怎样的两难境地。这样的场景我已经多次经历过，多过我乐意：我哥哥想要安宁。他已经展示了他最阳光的一面，用手臂挽着那个女孩的肩，给她的父亲留下了永久的纪念，他很平凡，他很人性，谁投赛吉·罗曼一票，谁就为一个平凡而人性的首相投了一票。

但现在，大胡子站着不走，期待着更多的闲话家常，如同他周一在工作时与他的同僚一起大肆吹嘘一样，这点赛吉可必须避免。一丁点辛辣或稍微带点讽刺的评论，就足以彻底搅黄一切，人们对他的好感就会瞬间烟消云散，整个魅力攻势也会前功尽弃。这大胡子周一会去跟他的同事说，赛吉·罗曼是个多么高傲、野心勃勃的家伙，他和他的女儿并没有多打扰他，仅仅只是请他跟他们合了张影，然后就让他继续安静地享用私人晚餐了。而他的同事中可能就会有两三个不再把票投给罗曼，对，这两三个人绝对有可能把这个高傲的、不可一世的首席候选人的故事传给更多人，这就是所谓的雪球效应。就像闲话一样，这个故事经过二三四手之后，就会呈现出越来越荒诞的模样。一个最可信的谣言会像野火一般蔓延开来，说赛吉·罗曼粗鲁地侮辱了一位极为平凡的父亲和他的女儿，他们只是非常礼貌地请求他与他们合张影而已；更后面的版本中，这位首相候选人则是粗暴地将这两人都撵了出去。

虽说这一切都是我哥哥自作自受，但这一刻我还真有点同情他。我一直都很理解流行歌星、电影明星冲向潜伏在迪厅外面的狗仔，砸碎他们的相机的行为。若是赛吉下定决心，大步向前，给这家伙一个完整的大嘴巴，抽他那藏在讨厌而可笑的、地精一般的胡子后面的嘴，我会百分之百地支持。我在想，我会把这大胡子的手反扣在背后，那样赛吉就可以集中注意力狠狠地抽他耳光；他得扎扎实实用力抽，因为毕竟他还得穿过那胡子才能真正打到他的脸。

赛吉对待公众利益的态度，人们可以宽容地将它理解成一种矛盾的状态。在公开的场合，当他在乡镇会议厅回答"党派拥护者"提问时，当他对着电视摄像机或广播麦克风时，当他穿着风衣在集市上分发宣传册并和普通人交谈时，或是当他在演讲台上接受掌声时——咳，我在说什么呢，我要说的应该是上次党派会议上，喝彩声持续了数分钟之久那件事（一束束鲜花被抛到台上，据称是自发的，但实际上是他的竞选经纪人精心导演安排的花招）——在那些时刻，他是闪光的。并不仅仅是因喜悦或自我陶醉而容光焕发，或是因为一个政治家要想在政界高升就必须闪光，否则竞选的事明天就玩完……不，不是因为这些，他是真的在闪光：他在放射出一些东西。

当我得以亲身体验我的哥哥如何完成这种转变时，他总是让我很吃惊，惊讶和惊喜。我哥哥，这个粗鲁无知的家伙，这个"现在就必须吃"、三口就食不知味地吞下了他的腓力牛排的家伙，这个只要话题一与他无关眼神就会游离、太容易感到烦闷的蠢货，就是这样的一个哥哥，他是如何在讲台上、在聚光灯下开始一字不差地发光的——简言之，他是如何摇身变成一个具有独特魅力的政治家的？

"是他的光芒，"一个青年人节目的主持人后来在做一个女性杂志的采访时说道，"当你靠近他时，就会有些东西发生。"我偶然在电视里看到了这个节目，人们可以清楚地辨别出赛吉是怎样做到这一点的。刚开始的时候他一直笑，这是他自己训练出来的，他的眼睛没有跟着一起笑，所以人们能看出来这不是真正的笑。不过，他在笑，这一点人们喜欢。此外，在整个采访过程中，他的手几乎一直插在裤袋里，完全没有感到无聊或是居高自傲的样子，而是相当放松，好像他正站在校园里一样。（"校园"很是接近这儿的情景，因为录制是在演讲后，在一个吵闹的、照明很差的青年机构内进行的。）虽然他做学生有点太老，但是他一定是最讨人喜欢的老师：是那种让人信任的老师，也会说"扯淡""酷"这样的词，不戴领带，在集体游巴黎时会在酒店的酒吧里喝得醉醺醺。赛吉不时从裤兜里伸出一只手，为了用动作着重指出党纲中的某个特定的点，看上去他的手指像是要穿过女主持人的头发，或是像在对她说，她拥有一头漂亮的秀发。

但当他私下里在某个地方时，这些举止就全变了，跟所有的名人一样，他也有这样的目光：当私下里踏足某个地方时，他从不正眼看任何人，目光总是四处扫射，不停留在任何一个人身上，他看向天花板，看向吊在上面的灯，看桌子、椅子、墙上的一幅画——最好是哪儿都不看。其间还露齿冷笑，是一个知道所有人都在看着他的人的冷笑——或者特地不看他，反正原则上来说都一样。很明显，要把公共场合的生活和私人生活分开，这件事对他而言有时会有些麻烦。人们可以看到他一本正经地想，在私人生活中能快速地多钓几张选票也是个不错的主意，就像今晚在餐厅一样。

他先看了看那个大胡子男人，然后看向我，眉间的褶皱消失了。他眨了眨眼，从上衣口袋里掏出他的手机。

"对不起，"他说着，看向屏幕，"我得接个电话。"他朝大胡子抱歉地笑了笑，按了一个键，把手机拿到耳边。

人们什么都没听见，没有老式的哔哔声，也没有好玩的个性旋律——但是有数不清的杂音干扰，或许因此，大胡子、内奥米和我都没有听见，又或者他调的是振动模式，谁知道呢？谁又该知道呢？大胡子肯定不知道。对他来说，这一刻是他收回未做完之事的时候。他当然可以怀疑那个电话，也有任何权利去想自己被当成了笨蛋——但是根据经验，人们通常不这样想，否则这样一来，他们的故事就会有损伤：他们和未来的荷兰首相共上一张照片，还跟他交谈了几句，但他同时也是个比他们忙碌得多的人。

"是，"赛吉对着手机说，"哪里？"他已经不看大胡子和他的女儿了，而是看向外面，对他而言，他们已经消失了。我得承认，他演得相当令人信服。"我正在吃饭。"他说着，还看看手表，提了餐厅的名字。"十二点前我不行。"他说。

我现在已经把望着那大胡子男人当成了我的义务，我是那个将病人送到门口的助理医生，因为医生现在得忙着看下一个病人。我打了个手势，不是道歉的手势，而是告诉他们，他和他的女儿现在可以退下了，不会丢失脸面。

"这就是人们该问自己做这一切究竟是为了什么的时刻。"我的哥哥叹道，在他把手机重新插回口袋，又回到只有我们俩单独在一块儿之后。"先生们，这种就是最糟糕的！这些个纠缠不清的家伙。哪怕至少是个可爱点的小姑娘……"他眨眨眼，"噢，对不起，保罗，我忘了你恰恰迷恋这种墙边之花。"

他咔咔地笑着他的笑话，我也跟着一起咔咔地笑，边笑边望望门边，看看克莱尔和芭比是否会重新出现。比预计的要快，赛吉又严肃了起来，他肘部撑着桌子，手指搭在一起，问道："我们刚刚说到哪儿了？"

就在此时，那些人端来了主菜。

18

　　那么现在呢？现在我正站在外面，从远处望向我那孤零零一个人坐在我们的桌旁的哥哥。剩下来的夜晚都在这里度过——反正不回去，这个诱惑可真不小。

　　突然，响起了一阵电子的哔哔声，起先我不知道从哪儿来的，跟着还有后续的哔声，连成了一首旋律，最能让我想到的是一部手机的铃声，但不是我的手机。

　　然而它的确是从我的夹克口袋里传出来的，不过是从右边口袋——我是左撇子，手机我总是放在左边。我用手——右手——伸进夹克口袋里，摸到除了熟悉的钥匙和一些硬硬的、我知道是开封过的口香糖包的东西以外，还有一样东西，只可能是部手机。

　　我还没把正响着的手机掏出口袋，就已经明白了是怎么回事。米歇尔的手机是怎么落到我的夹克口袋里的，我这会儿无法临时重组历史，不过我现在面对的是一个简单的事实：有人给米歇尔打电话——打到他的手机上。拿出口袋之后，这手机的响声相当之大，大得我都害怕别人会听到这公园深处的声音。

　　"他妈的！"我骂道。

一方面当然最好是让它响下去，直到自动转进留言信箱为止。可另一方面我又希望它现在立刻安静下来。

不管怎么样，我都很好奇是谁来的电话。

我瞅了眼屏幕，想瞧瞧是不是也许能认出个名字来，不过这似乎没什么必要。屏幕在黑暗中闪出光来。就算上面的头像已经消失了，我也马上认出来是我的妻子。

克莱尔打电话给儿子一定有什么原因，为了搞清楚这一点，只有一条路。

"克莱尔？"我把滑盖推上去后，说道。

没有声音。"克莱尔？"我又叫了一声。我几次环顾四下，并不是完全不可能，我妻子就在一棵树后面——这只是一个玩笑，一个我到现在都没能完全理解的玩笑。

"爸爸？"

"米歇尔！你在哪儿呢？"

"在家。我……我能……可你又在哪儿呢？"

"在餐厅。我们跟你说过的。但是怎么……"我是想问，我怎么拿着你的手机，但在此刻，这似乎不是什么好问题。

"可你怎么拿着我的手机？"我儿子现在倒过来问我。他听上去并不生气，更多的是奇怪，正如我一样。

在他的房间，之前傍晚时，他的手机躺在桌上……"你在这楼上做什么呢？你说你找我，什么事？"那时他的手机还在我手里吗？还是我已经把它放回他的书桌上了？"没什么，就是找你。"还是也许可能……？可是那样我得已经穿上外套了呀。我在家里从不穿着外套到处走。我试着重组当时的情景，我怎么会穿着夹克跑上楼，进了我儿子的房间？"搞不懂，"我尽可能轻松地回答，"我跟你一样惊讶，我们的手机虽然是有点相像，但我也真的不知道它怎么……"

"我到处找，"米歇尔打断了我，"还给自己打电话，想听听它会在哪儿响起来。"

屏幕上出现他妈妈的头像，是因为他是用固定电话拨的。当他跟家里连线时，他的手机上就会出现他妈妈的头像。不是他爸爸的，也不是我们俩的，我的脑中闪过这个念头。但转念一想，要真是那样一张照片该有多可笑：父母坐在客厅的沙发上，笑着手挽手，俨然幸福的一对。爸爸妈妈给我打电话了；爸爸妈妈要跟我说话；爸爸妈妈爱我超过世上所有一切。

"很抱歉，亲爱的。我多蠢啊，竟然把你的手机塞到我的口袋里来了。你父亲老了。"家里就是妈妈。家里就是克莱尔。我肯定，我并不觉得自己受到了怠慢，相反还得到了某种程度上的安慰。"我们不会在这儿待太久的。过几小时你就能拿回你的手机了。"

"可你们在哪儿呢？啊，对了，你们去吃饭了。就是那家公园餐厅，对面是……"米歇尔说了那家平民小酒馆的名字。"离这儿不远。"

"别费劲了。你马上就会拿到它了，最多一个小时。"我的声音听上去还轻松吗？还是好心情吗？还是人们可以从我的声音听出来，我不是很乐意让他来餐厅取回手机？

"这对我来说太久了。我需要……我需要几个号码，我得给人打电话。"我听到他真的有迟疑，还是仅仅是网络连接的片刻中断?

"你告诉我需要哪个号码，我现在就可以很快帮你找出来……"

不，现在这语气完全不对，我并不像在扮演一个很棒的父亲：一个可以在他儿子手机上随意翻看的父亲，因为父子之间"没有任何秘密"。米歇尔还叫我声"爸爸"而不是"保罗"，我就已经够感激的了。不知怎的，这种直呼其名的装腔作势让我非常反感：七岁的孩子，叫他父亲"乔治"，母亲"维尔玛"。这样子的宽松无度可不是什么好事，终究是对父母的不敬。直呼父母"乔治"和"维尔玛"，那么这离如下情况就只有毫厘之差了："我说过是花生黄油了，对吗，乔治？"然后黄油面包和巧克力粉就被拿回厨房里，倒进垃圾桶。

在我周围已经有足够多的例子：很多父母在孩子用这种口气跟他们说话时，就摆出一副忠贞不贰的蠢相，然后还会美化道："啊，如今的孩子都越来越早熟。"他们的目光太短浅，或者就是太害怕，不敢承认他们正生活在"恐怖政权"之下。内心深处，他们当然希望自己的孩子会觉得一个乔治或维尔玛远比一个父亲或母亲了不起。

一个父亲，偷看自己十五岁的儿子的手机，这似乎也太过了点。他靠得如此之近，只要一眼，就能看出儿子的通讯录里藏了多少女孩的名字，或是里面下载了哪些热辣的照片做背景。不，我和我的儿子，我们都有彼此的秘密，我们尊重对方的隐私，门关的时候我们会先敲门。我们也不会因为没什么可掩饰的就光着身子，连条浴巾都不裹就走出浴室，不像在乔治－维尔玛式的家庭里那样司空见惯——对，我们根本不会不裹浴巾就走出浴室。

但我已经看了米歇尔的手机。我已经看了不是为我的眼睛预留的东西。在米歇尔眼里，我不必要地占用他的手机多一秒，都有致命的危险。

"不，爸爸，没这个必要。我自己去拿就好了。"

"米歇尔？"我又问了一声，但他已经挂了。

"×！"今晚我第二次骂道，就在此时，我看到了克莱尔和芭比，她们正从一人高的树篱后面走过来。我的妻子一只手挽着她妯娌的肩。

只有几秒的时间。在那几秒内我在想，往后退几步，就可以藏到灌木后头去，但突然又想起来我是为何才来到花园里的，不正是为了找克莱尔和芭比吗？要真那样做，情况还能更糟点。她一定很疑惑，为什么我会在餐厅外面站着，而且是在——偷偷地——打电话。

"克莱尔！"我招了招手，向她们走去。

虽然芭比还在用手绢擦鼻子，但显然已经没有眼泪了。"保罗……"我妻子喊。

她叫我名字的时候正对着我的脸，然后先将视线转向天空，再假装叹了口气。我明白这其中的含意，因为她多次做过这样的动作——其中一次是她母亲在养老院里吞下过量的安眠药的时候。

这次比我想的要严重得多，她的眼睛和叹息在说。

这时芭比也看着我，手中的手绢被揉成了团。"噢，保罗，"她叫道，"亲爱的，亲爱的保罗……"

"那个……那个主菜上来了。"我说。

19

男洗手间内空无一人。

我一连推开三扇门，但里面都没人。

"你们先进去，"在餐厅门口我对克莱尔和芭比说，"你们先开始，我马上就到。"

我走进洗手间离门口最远的一个马桶间，锁上我身后的门。为了装装样子，我脱下了长裤，坐到坐便器上，不过穿着内裤。

我从口袋掏出米歇尔的手机，推开滑盖。

屏幕上出现了一个符号，我以前从未见过——在花园时也没有注意到。

屏幕下方闪着一个白色的小窗：

两个未接来电。

法索。

法索？天哪，到底谁叫法索？

听上去像是个幻想出的名字，一个实际并不存在的名字。

突然我想起来了！当然！法索！法索是米歇尔和里克给他们的准堂兄、领养的准兄弟起的绰号。因为他的出生地，也因为他的名：博。

博·法索。来自布基纳法索的 B. 法索。

他们几年前就开始这样叫了：至少那是我第一次听到他们用这个绰号——在克莱尔的一次生日会上。"你也再来点，法索？"米歇尔说的，博托着一个红色的装着爆米花的塑料碗在鼻子下方。

站在附近的赛吉也听到了。"嘿，别这样，"他说，"别这样叫，他叫博。"

很明显，博对他的绰号倒不介意。"没事，爸爸。"只听他对我哥哥说。

"不，有关系，"赛吉说，"你叫博·法索？！我不知道，但是这个在我听来……我就是不喜欢。"

也许赛吉是想说"但是这个在我听来就是有歧视的味道"，但是强忍了回去。

"可所有人都有绰号呀，爸爸。"

"所有人"，这就是博想要的。他想和所有人一样。

在那之后，我就很少听到米歇尔和里克在有别人在场的情况下叫这个绰号了。但很明显，它继续存在了下来，并且成功入驻了米歇尔手机里的电话簿。

博或法索为什么打电话给米歇尔呢？

我可以打给留言信箱，听一听他是否留下了什么口信，但那样的话，米歇尔就会立刻知道我翻看了他的手机。我们俩都用的是沃达丰，留言信箱的录音台词我都背得下来。"您有一条新留言"被听掉第一次之后就会变成"您有一条旧留言"。

我按下菜单键，进入"我的图片"，然后又到视频。

我可以在以下三者之中选择：1. 视频；2. 下载视频；3. 我最喜爱的视频。

如几个小时前（很久很久以前）在米歇尔的房间里一样，我按下了"3. 我最喜爱的视频"；说很久很久以前并不十分确切，它更像是一个转折点，一条战前与战后的分界线。

最后一个视频的截图外围有一圈蓝色的线，那是我很久很久以前看过的一部电影。我选了它前面的一个视频，按下选项键，选了播放。

一个火车站，一个站台，很明显是地铁的停站点。对，是一个地面上的地铁车站。根据背景的公寓楼判断，是在市郊的某处，也许是东南或是斯洛特瓦特[1]。

其实我也可以说出事实：我认出了那个地铁站。我立刻就知道了它是哪个地铁站，在哪个位置，属于哪条线路——我只是不想到处张扬。而此时，就算我叫出这个站的名字，也不会对任何人有什么用处。

摄像机镜头移到了下面，跟在一双白色运动鞋的后面，它们正用一定频率的脚步走上站台。然后镜头又重新回到了上方，一个男人出现在画面里，一个上了年纪的男人，我估摸着六十左右，即便这样的人的年纪总是比较难估计。无论如何，那双运动鞋肯定不是他的。随着镜头继续推近，人们可以看清他未刮胡子且有些浅斑的脸，很可能是乞丐、流

---

[1] Slotervaart，荷兰阿姆斯特丹西南边的郊区。

浪汉一类的人。

我感觉到了同样的冷意，跟之前傍晚在米歇尔的房间里时一样，一股从里面升起的冷。

流浪汉的脑袋旁，出现了里克的脸。我哥哥的儿子在朝镜头冷笑。"来一下，"他说，"干！"

毫无预警地，他就张开手扇了那个男人一掌，一半打在耳朵上。那是相当猛烈的一击，男人的脑袋啪地甩向一边。他扭曲着脸，双手捂着耳朵，像是要以此抵挡更多的袭击。

"你就是一堆狗屎，×！"里克咆哮着，没有完全摆脱掉口音，如同一个荷兰演员在美国或英国的故事片里。

镜头推得更近了，近得屏幕上只看得到流浪汉没刮胡子的脸。他眨着布满红血丝的眼睛，嘟哝着听不懂的话。

"说傻驴。"从画面外传来了一个新的声音，我立刻就听出来是我儿子的声音。

流浪汉的脸从画面中消失了，然后又是里克。我的侄子瞟向镜头，故意扮出个让人讨厌的鬼脸。"别在家里玩[1]。"他说，并重新抬起手，你可以看见他是如何向后挥动手臂准备再次击打的，但看不到跟着的击中过程。

"说傻驴。"我再次听到米歇尔的声音。

———————————

[1] 此处借用了 MTV 推出的喜剧剧集名 *Don't Try This at Home*。

流浪汉的脑袋又一次出现在画面里——背景的公寓楼看不见了，只有一小块灰色的站台，后面是铁轨——但他已经躺在地上了。他的嘴唇在颤抖，眼睛紧闭着。

"傻……傻……驴。"他说道。然后视频就停止了。在此刻开始出现的寂静中，我只听到顺小解池壁而下的汩汩的水流声。

"我们得谈谈我们的孩子们。"赛吉曾经说过——这是多久以前的事了？

一小时？两小时？

对我来说，最好是蹲在这里，一直到明天早上被清洁队发现为止。

我站了起来。

20

在即将踏进餐厅大堂的那一刻，我迟疑了。

米歇尔随时都可能出现，来取他的手机，不管怎样，他现在还没到。我向前挪了几步停住时看到：我们的桌边只坐着克莱尔、芭比和赛吉。

很快，我向旁边跨了一步，躲到一棵大棕榈树后，穿过树叶的缝隙张望着，觉得他们并没有发现我。

在这儿拦住米歇尔挺不错的，我想。在这儿，前厅或更衣间；更好的当然是在外面的花园。对，我得去花园，那样我就可以单独见米歇尔，在那儿把他的手机还给他，米歇尔不会被其他人打扰，没有母亲、伯父或伯母的目光，以及可能的提问。

我转过身去，从迎宾台的女孩身边经过，走了出去。我没有事先想好的计划，只觉得得跟我儿子说点什么。可是说什么呢？我决定先等等看，也许他会自己开口说点什么——然后我就密切地关注他的眼睛。嗯，我决定盯着他那双诚实的撒不来谎的双眼。

我沿着两旁是电子火炬的石子路向前走，然后像之前一样左拐。可想而知，米歇尔也会跟我们走同一条路，穿过小酒馆对面的桥而来。尽管公园还有另一个入口，而且是真正的正门，但那样的话，他就得在黑暗中骑过相当长的一段路。

在桥边，我停了下来，四下张望，看不到一个人影。火炬的光在这儿只剩一点灰白略带淡黄的微光，不比几支蜡烛强多少。

夜晚的黑暗也许还能带来点好处。在黑暗中，我们的眼睛看不到对方，这样或许米歇尔更能说出实话。

什么呀？我说的"实话"是什么意思呀？我揉了揉眼睛，不管怎样，我得马上保持清醒的状态。我对着手心哈了口气，闻了闻。没错，酒精的味道，有啤酒和葡萄酒，但加在一起，大概算算，我一共也不过喝了不到五杯。我可不想让赛吉抓住机会给自己加分，说我懒散无力。我了解自己，我知道在餐厅的夜晚会带有些许戏剧性。而到了最后一幕，我已经无法再提起精神与他抗衡，当他开始讲到我们的孩子们的时候。

我抻长了脖子望向桥的另一端，望向灌木丛后面、街的另一边的酒馆的灯光。

一辆有轨电车从车站旁呼啸而过，没有停下，然后又恢复了寂静。

"该来了！"我大声说。

就在此刻，当我听到自己的声音时——更准确地说是被自己的声音摇醒——我突然开窍了，知道自己要做什么了。

我拿出米歇尔的手机，推开滑盖。

按下"报告"键。

读取两条信息：第一条只显示了一个电话号码，没有留下讯息；第二条写着同样的号码，并留下了"一条新信息"。

我比较了两条信息的时间，第一和第二条只相隔两分钟，大概是在一刻钟以前，我在公园更深处和我儿子打电话时。

我先后按了两下"选项"，然后选了"删除"。

跟着又拨通了留言信箱。

一旦米歇尔取回手机，就不会再显示有未接来电了，我在想，这样也就没有理由再去听取留言信箱了——不管怎样，至少暂时不会。

在熟悉的留言信箱女播报员的声音报完"你有一条新信息"（还有两条旧的）之后，我听到："哟，你待会儿打回来还是怎样？"

哟！大约半年前开始，博呈现出"美国黑人"的样子，戴着纽约佬的帽子，还有与之相配的俚语。他从非洲被带到这儿来，直到不久前他还说着相当好的标准荷兰语。不是普通荷兰人说的荷兰语，而是在我兄嫂的圈子里调教出来的荷兰语，即所谓的不带口音的荷兰语，在充斥着上千种口音的现实中能被分辨出是上流社会说的荷兰语，如人们在网球场上或是曲棍球俱乐部的社团里所说的荷兰语。

对博而言，非洲一定是"贫穷""需要帮助"的同义词。不知何时，博显然照了镜子，然后决定：他不做真正的非洲人。但是荷兰人他是永远也变成不了了，即便他操着一口出色的荷兰语。所以完全可以理解他去别处找寻他的身份认同，在大西洋的另一边，在纽约洛杉矶的黑人区。

尽管如此，从一开始，这样的身份代码就有让我极为讨厌的东西，与我哥哥的养子身上一直让我讨厌的东西一样：那种虚伪——如果要这样表达的话，那种狡猾，那种阴险奸刁，还有他面对他的养父母、义弟义妹，还有义堂弟等时各不相同的表现。

以前，在他还小的时候，就比里克和瓦莱丽更频繁地爬到他"妈妈"的怀里——经常是哭号着。然后芭比就抚摸着他的小黑脑袋，说着安慰的话，但同时已经开始寻找让博伤心的人。

几乎每次都能在身边找到。

"你把博怎么了？"她以责难的口气斥问自己的亲生儿子。

"没什么啊，妈妈，"有一次我听见里克说，"我只是看着他。"

"在你的内心深处你其实就是一个种族主义者。"当我又一次向克莱尔坦白我对博的反感后，她这样说。

"根本不是！"我说，"如果我仅仅因为这个虚伪的小子的肤色和出身就觉得他可爱，那我才叫种族主义者，而且是正面的歧视；如果我把我们这个义侄身上的虚伪扩大到指责整个非洲，尤其是布基纳法索，那我才叫种族主义者。"

"只是说笑而已。"

一辆自行车出现在桥上。一辆带灯的自行车。只能看到一个骑车人的黑影，但就算在黑暗里，我也能从几千人当中认出自己的孩子。他像个赛车手一样俯身于车把手之上的姿势，灵巧地让车子左右摆动而人几乎不动的本领……像一只猛兽——这个念头突然射穿我的脑子，压都压不回去。我本想说"像一个运动员"的，"一个体育健将"——本想这样"想"的。

米歇尔踢足球，打网球，半年前他还参加了一个健身俱乐部。他不抽烟，几乎不喝酒，也多次表达过他对毒品的反感，不论是软性毒品还是硬性的。"笨蛋！"他这样叫他班级里吸大麻的人。而我们，克莱尔和我，真的很高兴，高兴我们的儿子没有出格的行为，不逃学，还做作业。他不是那种突出的好学生，从不拼命地努力学习，事实上除了迫切需要的情况以外，他不会多努力一分，但另一方面也从来听不到对他不满的声音。他的分数和成绩一般都是"尚可"，只有体育他总是得优。

"旧信息。"留言信箱的语音在说。

直到现在我才反应过来，我还一直拿着米歇尔的手机在耳边，站在桥上。我转过身，背对着桥，开始往餐厅走。不管怎样，我现在必须赶紧切断连接，让手机重新消失在口袋里。

"今晚可以，"里面响起里克的声音，"我们今晚做。给我电话。拜拜。"

然后就是留言信箱女播报员的声音，说出留言的时间和日期。

"旧信息。"那个声音又说了一遍。

米歇尔从我身边驶过。他看见了什么？一个男人，泰然自若地在公园里溜达？拿着个手机在耳边？还是他看见了他的父亲？有或没有手机在手上？

"嘿，亲爱的。"现在我耳边又响起了克莱尔的声音，就在我儿子从我身边驶过的那一刹那。他继续骑向前，直到来到被照亮的石子路，下了车。他看了看四周，然后走向停车点，在餐厅大门的左边。"我一个小时后回家来。爸爸和我七点钟去餐厅吃饭。我负责让我们在外面待到午夜过后。你们得今晚做。爸爸对此一无所知，就该这样。拜拜，亲爱的，晚点见，亲一个。"

米歇尔锁好他的车，走向餐厅大门。播报员报下刚才那条留言的日期（今天）和时间（下午两点）。

爸爸对此一无所知。

"米歇尔！"我叫道，很快将手机塞进了口袋。他站住了，四下找寻我的踪迹。我挥了挥手。

就该这样。

我儿子越过石子路跑了过来。我们在路开始的地方碰的头，那儿被照得通亮。也许我正需要这些灯光，我想。

"嘿。"他说。他戴着那顶黑色的耐克帽，脖子上晃着动圈式耳机，耳机线埋在外套领子里，一件绿色的 Dolce & Gabbana（杜嘉班纳）棉袄是不久前他用自己的服装基金买的，然后就没有钱买袜子、内裤了。

"你好，我的小伙子，"我说，"我还想走过去找你的呢。"

我儿子看着我。他的诚实的双眼，用无邪来形容他的目光是最恰当的。爸爸对此一无所知。

"你刚刚打电话了？"他说。

我没说话。

"和谁呀？"

他试着让自己的声音听起来尽可能轻松，但我还是听出了其中的弦外之音，一种我以前从未听过的逼迫的语气，而我能感觉到我的汗毛竖了起来。

"我是想给你打电话，"我说，"刚才还觉得奇怪，你怎么需要这么久。"

21

事情是这样发生的。

一个月或两个月前的一天夜里，三个男孩离开舞会，走在回家的路上。舞会在其中两个男孩所上的高级中学的餐厅里举行。这两个男孩是亲兄弟，其中一个是领养的。

第三个男孩上另一所学校。他是他们的堂兄弟。

尽管这个堂兄弟很少或者说几乎从不喝酒，但那晚还是跟其他两个一样，喝了几杯啤酒。两个堂兄弟和女孩们跳了舞。不是固定的女友，因为他们目前都没有——只是几个不同的女孩。那位领养的哥哥有个固定的女友。整个晚上的大部分时间，他都和她在昏暗的角落的小隔间里拥吻缠绵。

当三个男孩子准备离去时，那个女友没有一起走。他们必须在一点钟之前到家，而她得在那儿等她的父亲来接她。

虽然已经一点半了，但男孩们知道，在他们的父母可以接受的时间范围内，他们还是可以活动的。大家曾经商定过，堂兄弟可以在另外两兄弟的父母家里过夜——堂兄弟的父母要去巴黎几天，这就是原因。

他们想到个主意，在回家的路上随便找一家小酒馆再喝杯啤酒。不过他们带的钱不够，所以得先再取一些。过了几条街——大约在从学校到家一半的路上——他们看见一台自动取款机，是那种外面有个玻璃门可以锁上的取款机小隔间。

两兄弟其中的一个，我们就简单地称他为"亲生的"，走进去欲取钱。他的义兄和堂兄弟在外面等候。可不一会儿，他就出来了。这么快？另两个问。哦，真是，天哪，亲生的说，上帝啊，吓死我了！怎么了？另两个问。里面，里面躺着个人。有个人在里面睡觉，躲在睡袋里，哦，我的天，上帝呀，我差点踩到他头上！

然后呢？发生了什么事？最主要的是谁先想到那个馊主意的，这一点，众说纷纭。但另一方面他们三个口径一致，说取款机隔间里有股臭味，一股恶臭——呕吐物、汗液，还有其他东西，被他们三个描述为尸臭的味道。

这点很关键，这股臭味。一个发臭的人当然不能指望得到别人的什么好感。臭味可以模糊人的眼睛，不管这味道多么人性，它会让一个血肉之躯的轮廓变得模糊起来。诚然，这并不能作为之后发生的一切的理由，但也不能被完全略过。

三个男孩想拿点钱，不多，几十块，用来去酒馆喝最后一杯啤酒，但偏偏没门。他们让自己陷入了这种十秒不到就能让人窒息的恶臭中，就算是个破了的垃圾袋堆在那儿也不过如此了。

然而里面躺的是个人：一个呼吸着的人！没错，这家伙睡着时还会打鼾。走，我们另找一个取款机，领养的男孩说。算了吧，另两个说，这儿可能还更好点，因为有个发臭的人睡死在这儿，所以机器里面的钱一定没人取过。走吧，领养的兄弟又说了一遍，我们走。

但另两个觉得太麻烦了，他们要在这儿取，才不要再费力气骑个谁他妈知道还要多少条街，才能找到下一个取款机。这会儿堂兄弟已经跑进去开始拖那个睡袋了。嘿，嘿，醒醒，起来！

我走了，领养的兄弟说。我实在没兴趣再待下去。

过来吧，伙计，别扫兴嘛，另两个叫道，这很快的，然后我们就可以去喝啤酒了。可领养的又说了一遍他没兴趣，并且补充说他累了，啤酒也不需要了——然后就真的骑车走了。

亲生的兄弟还想把他叫回来。等等！他在他后面叫道。可领养的兄弟只回头瞟了一眼就消失在街角。让他去吧，堂兄弟说。那家伙很无趣，要当乖孩子，那是个无趣的笨蛋。

现在两个人都走了进去。亲生的男孩拖着睡袋。嘿，醒醒！呃，嚯，他说，这股味道真恶心。堂兄弟踢了踢睡袋尾部。这不是真正的尸臭味，更像是垃圾袋的味道，里面是剩饭剩菜，啃剩的鸡骨头，发了霉的滤纸。醒醒！渐渐地，这两个人，两个堂兄弟，犟起来，他们就要在这里取钱，别的地方都不行！当然，他们在学校的舞会上喝了点啤酒。其实这种犟跟一个微醉的司机断言自己真的还能开车时的犟一样——也跟一个在生日会上赖着不走，吵着要喝最后一杯（"再来一杯"），然后开始讲第七遍同一个故事的人一样。

请您起来，这是取款机！他们还是保持着礼貌：尽管这臭气已经把他们的眼泪都熏出来了，他们也用"您"来称呼那个人。那个陌生人，那个看不见的人，无疑比他们年长。一个男人，很可能是个流浪汉，但毕竟是个男人。

此时，从睡袋里，第一次发出了声音，是人们在这种情况下大概能估计到的声音：叹气，呻吟，听不懂的咕哝——生命的迹象。听上去十分像一个孩子，一副还想躺着不动、今天不想上学的样子，随后是一阵动弹：有什么东西或是什么人在伸展四肢，一个头或其他的部位好像正要从睡袋里钻出来。

俩堂兄弟并没有明确的计划，也许他们现在才意识到，其实他们根本不想知道在睡袋里藏着的究竟是什么，已经太晚了。到目前为止，对他们而言，那只是一个散发着令人作呕的气味的障碍物，它不该在那儿，得把它弄走，却不得不马上跟这个东西（或人）深入接触，这个不情愿地被从睡袋里、从梦境里扯出来的东西。谁知道一个无家可归的发臭的人会梦点什么，也许梦到头上有片屋顶，一顿热腾腾的大餐，女人和孩子，带车库引道的房子，还有可爱地摇着尾巴、越过带喷水器的草地来迎接他的狗。

滚开！

不是这咒骂，而更多的是这声音，让他们吓了一大跳。它冲破了一定的思维定式。人们以为睡袋里面出来的一定是个胡子拉碴的家伙，浑身臭汗淋漓，头发粘在一块儿，还有一张干得像树墩的没牙的嘴。可这声音听起来几乎像个女人……

就在同一时刻，睡袋又动了一下：一只手，又一只手，整条胳膊，然后是头。不是马上就能辨认出来，又或者还是可以的——通过头发和几处秃顶。黑头发，有些地方看得见头皮。另类的秃顶。这脑袋看起来有些吓人，没刮胡子，哦不，应该说是虽然长着毛，但很明显跟男人的不一样。滚开！你们这些该死的家伙！这声音听起来尖锐刺耳。那女人绕着自己甩动一只手臂，好像要驱赶一只苍蝇。一个女人，俩堂兄弟定睛看出来。这将是离开这儿的最佳时机，以后他们俩都会记得这一刻。躺在睡袋里的是个女人这一结论改变了一切。走，我们走，亲生的男孩也真的说了这句话。该死的！那女人喊叫着，滚开，你们！滚！

闭嘴！堂兄弟说。我说，闭嘴！他对着睡袋给了狠力的一脚，可是因为空间不够，他开始失去平衡，滑倒了，鞋尖擦过睡袋踩到了女人的鼻子下方。这时，一只手指粗大肿胀、指甲漆黑的手伸出来，抓上自己的脸。出血了。该死的家伙！那个声音咆哮着。其间它变得又大又尖锐，充斥了整个空间。凶手！无赖！亲生兄弟把堂兄弟拖到门边。走，我们走。他们到了门外，听见里面不停地传出咒骂声，虽然比之前小点，但仍大得足以传到下一个街角，只不过现在已经太晚了，街上空无一人，最多三四扇窗户里面还亮着灯。

我不想的……堂兄弟说。我只是滑倒了。该死的婊子！当然啦，亲生子说，你当然不是故意的啦。伙计们，那女人也该闭上嘴了！一直还是能听到从里面传出的声音，不过门已经弹回去关上了，所以听上去已经有点模糊了。只知道是不休的、不堪入耳的咒骂。

然后他们突然爆笑起来。之后他们一定能清楚地记得当时看到的一切，记得他们激动愤怒的脸，记得玻璃门后模糊的咒骂，记得后来他们是如何突然爆笑起来的。他们纵声大笑，无法抑制，必须靠墙支撑自己，然后他们紧紧抱着对方，笑得浑身颤抖。无赖！亲生子模仿着那女人的尖叫声，该死的东西！堂兄弟蹲下来，然后一屁股坐到地上。停止！拜托停止！我不行了！

一棵树边立着几个垃圾袋，还有一些别的东西，放在那里显然是要让垃圾装运处的人拖走的：一把带轮子的办公椅，一个用来装宽屏电视机的纸箱，一个台灯和一根电视机显像管。他们举起那把办公椅朝取款机隔间冲过去的时候还在笑。该死的臭婊子！他们把椅子猛地扔过去，在狭小的空间里落在女人的睡袋上绝对有可能，在此期间，女人已经又钻回了睡袋。堂兄弟把着敞开的门，亲生子拿来台灯和两个满满的垃圾袋。女人的头又从睡袋里探出来，头发真的是一缕一缕地绞在一起。她有胡子，还是脏东西？她尝试用胳膊推开办公椅，但没有真正成功。因此，第一个垃圾袋正中她的脸，她的头向后倒下去，重重地撞在挂在墙上的钢制的垃圾篓上。这时堂兄弟又扔了台灯过来，是那种老式的，带个圆形的罩子和伸缩臂。罩子击中了女人的鼻子。还真是稀奇，她现在不叫了，俩堂兄弟听不到那尖锐的声音了。当第二个垃圾袋砸向她头部时，她已经相当恍惚了。你这脏东西，滚别处睡去！找份工去！说着"找份工去"，他们又一阵狂笑起来。干活去！亲生子叫着。去干活，干活，干活！堂兄弟又到了外边，朝放着垃圾袋的树走去。他推开装宽屏电视机的包装箱，发现有个桶立在那儿，是个绿色的军用汽油桶，常能在吉普车后面见到。堂兄弟握着把手，把它举了起来。空的。他也没指望里面会有东西。谁会把一个装满东西的军用汽油桶放在街边的垃圾堆里？

不，不，现在这是要干吗？当看见堂兄弟举着汽油桶出现的时候，亲生子问。

没什么，这汽油桶是空的，你想什么呢？

女人恢复了点意识。王八蛋，你们该感到羞耻！她突然用一种让人惊奇的、保养得很好的声音说，这声音也许来自过去，她还没沦落的时候。

这儿臭死了，堂兄弟说，我们要给这小房间熏一熏，手上汽油桶举得老高。

嗯，很好，她说，我现在可以继续睡了吗？鼻子上的血已经干了。堂兄弟把空桶——鬼知道，也许就是故意的——扔到女人的头边，离她的头部一段安全距离的地方，制造的噪声可真不小。但公平地讲，其糟糕程度可不及之前的垃圾袋和台灯。

后来——几周之后，人们可以在编号为 XY 的录像资料的画面上清楚地看到，这两个小伙子扔完罐子之后走了出来，很长一段时间没有再出现。从挂在取款机隔间里的监视器拍摄到的情况看，那睡袋里的女人不止一次挨揍。监视器的镜头是对着门的，对着要来取钱的人。人们只能看到谁来取钱，因为监视器是不动的，所以剩下的角落就拍不到了。

在我和克莱尔第一次看到这些画面的那个夜晚，米歇尔正在楼上他自己的房间里。我们靠在一起，坐在客厅的沙发上，看着报纸，喝着一瓶红酒，吃着剩余的晚餐。这件事早就登遍了各报，还多次上了电视新闻，但这些画面却是第一次被曝。画面十分模糊不清，一看就是监视器的镜头拍的。到目前为止，人们的反应一直都很愤怒。世上怎会有如此之事？一个无家可归的女人……这些兔崽子……应该严惩不贷……——是的，连处以死刑的呼声都越来越大。

这就是 XY 号档案播出前的情况。之前，这只不过是则报道，一则让人震惊的报道，这点确实如此，不过人们的激动还可以抚平，丑闻也还能够平息并最终被遗忘。要进入我们大家的记忆，这个偶然事件还不够级别。

但监视器拍摄的这些画面改变了一切。这两个男孩——作案人——的脸被拍了下来，尽管由于胶卷低劣的品质和两人的帽子低到眉毛的事实，人们并不能很快看清两人的脸。然而观众看到的完全是另一码事：两个小伙子在向无家可归的她先是扔去垃圾袋，然后是台灯，最后还有空油桶时，享受着极大的乐趣，笑得几乎要滚成一团。在模糊的黑白画面里，人们看到他俩在扔完了垃圾袋之后是如何像在进行体育运动那样欢快地击掌庆贺的，看到他们是如何咒骂镜头外无家可归的女人的——尽管没有声音。

人们首先可以看到的是他们的笑。这正是刻入大家的记忆的一刻，关键的一刻，两个年轻人在大伙的记忆里索取他们的位置。在我们大家的记忆排行榜里，这两个年轻人的大笑可以占到第八位，也许紧随那名根据紧急状态法枪决了一名越共士兵的越南上校之后，不过还不是最后一名。

另外还有件事也不容忽视。这两个年轻人虽然戴着帽子，但他们出身好人家。他们是白人。很难说明是怎么看出来的，几乎没法描述他们的着装和他们的举止。看得出是有教养的孩子，不是那种为了引起种族暴动而烧车的家伙。不缺钱，家境丰厚的男孩们，如我们所认识的，如我们的侄子，如我们的儿子。

我还能清楚地记得那一刻的感受：在那一刻我意识到，这并非与我们的侄子和儿子无关，而恰恰真的与我们自己的儿子（和我们的侄子）有关。那是个冰冷的、如死一般寂静的时刻。我可以精确到秒地描绘出看到那些画面的一瞬间的情形，在我正要从电视机撇过视线看向克莱尔的侧面的时候。由于调查还在进行中，在此就不透露我是如何震惊地发现，自己在看着儿子用办公椅和垃圾袋轰炸一个无家可归的女人时大笑的。我现在不去进一步探讨此事，因为理论上，我还有否认这一切的可能性。您能认出这个男孩是米歇尔·罗曼吗？在这个调查的阶段，我还是可以摇头。很难说……画面相当不清晰，我没法起誓。

还有后续的画面。是个剪辑，一个剪辑，没什么事发生的地方被剪掉了。人们可以不断看到新的事件，比如那两个男孩跑进小隔间扔东西的画面。

最糟糕的部分结束了，那些画面，那些传遍了半个地球的画面。人们先是看到他们怎么扔油桶——那个空桶，然后他们又出去、进来，还扔了点什么，画面上没法看清是什么：一个打火机？火柴？可以看到一道闪光，一道瞬间的强光，让人有几秒的时间什么都看不清。画面上一片白。等到画面恢复时，人们还可以看到这些男孩怎么飞快地溜之大吉，头也不回。监视器最后的画面上几乎什么也看不见，没有烟雾，没有火光。在油桶爆炸之后并没有引起火灾。但正是因为什么都看不见，这些画面就更显得可怕，因为镜头外发生的最关键的部分，人们得自己设想。

那个无家可归的女人死了。极有可能是死在那儿，就在油桶里的汽油烟雾冒出来在她眼前爆炸时，或者最多几分钟之后。也许她还尝试过从睡袋里出来——也许也没有。一切都在镜头之外。

如上所述，我瞅向旁边的克莱尔的脸。如果她此时也转过来看着我，那我就知道了，她看到了跟我看到的一样的东西。

在那一刻，克莱尔转过来看着我。

我屏住呼吸，或者更准确地说，我吸了口气，为了先开口说话，说点——我还不知道此刻究竟该说点什么——也许会彻底改变我们生活的话。

克莱尔抓过红酒瓶，高举在手——只剩一点了，可能只有半杯。

"你还要吗？"她问道，"还是我再去开一瓶新的？"

22

米歇尔站在那儿，双手插在上衣口袋里。很难判断他是否被我的谎言蒙了过去。他向旁边扭过头，餐厅的灯光照在了他脸上。

"妈妈呢？"他问。

妈妈。克莱尔。我的妻子。妈妈跟她的儿子说，爸爸对此一无所知。而且还说，就该如此。

今晚早些时候，在酒馆里，我的妻子还问过我是否觉得我们的儿子最近有些古怪，"有所保留"是她用的词。她还说，你们俩会聊些米歇尔跟我聊的不一样的内容，也许关于女孩？

难道克莱尔对米歇尔表现出的关心是装出来的？难道她的这些问题只是为了试探一下我究竟知道多少？看看我是不是对我们的儿子和侄子在空余时间都在干些什么一无所知？

"妈妈在里面，"我说，"和……"——我本要说"和赛吉伯父、芭比伯母在一起"，可考虑到最近发生的事，这听起来有点幼稚可笑。赛吉"伯父"和芭比"伯母"已经是过去的事了——遥远的过去，在我们还很幸福的时候，我脑子里闪过这念头。我咬着自己的嘴唇。我得当心，不要让自己的嘴唇颤抖，不要让米歇尔发现我潮湿的双眼。"……

赛吉和芭比，"我说完这个句子，"我们正在用主菜。"

是我看花了眼，还是米歇尔确实在外套口袋里摸点什么？也许是摸他的手机？他不带表，在他想知道几点了的时候总是看手机。"我负责让我们在外面待到午夜过后。"克莱尔在语音留言里向他保证过，"你们得今晚做。"我跟他说了我们现在正在用主菜，他这会儿就急于要知道准确的时间吗？他是不是想知道，到"午夜之后"还有多少时间让他们做？做什么呢？

半分钟前，米歇尔的声音中透出的让我害怕的语气已经不见了，在他问到他母亲的时候。妈妈在哪儿？"伯父"和"伯母"听上去很幼稚，会让人联想到生日会上像"你将来打算干什么呢"这样的问题。但是"妈妈"就是妈妈，而且始终都是妈妈。

没有再多想下去，我决定，这会儿就是最佳时机。我掏出米歇尔的手机。他先看看我的手，然后仰视上空。

"你看过了。"他说。他的声音早就没有了威胁，而是筋疲力尽——甚至是顺从的。

"是的。"我说。我耸了耸肩，同人们在无论如何也无法改变事实的情况下就会耸肩一样。"米歇尔……"我开始说道。

"你看到了什么？"他从我手里抓过手机，推开滑盖，然后又滑了下来。

"嗯……取款机……还有站台上的流浪汉……"我干笑了一下——十分傻气，我猜想，而且完全不合时宜。可我想过，我就这样对付过去，就这样蒙混过关：把自己弄得有点傻，让自己当个有些天真的父亲，即使儿子虐待流浪汉、烧无家可归的女人也不会拿他怎样的父亲。对，天真最好了，对我来说，扮天真不会费多大力气，因为说到底我就是如此。"傻驴……"我说着，还一直在傻笑。

"妈妈知道吗？"他问。

我摇摇头。"不。"我回答。

妈妈究竟知道什么？我很想问他，但还太早了点。我想到电视里第一次播放取款机监视器拍到的那些画面的那晚。克莱尔问我要不要剩下的那些酒，还是要她再开一瓶新的，然后她就真的跑进了厨房。那会儿XY档案的女主持人，正在坚决要求观众拨打屏幕上出现的号码，一旦他们知道什么有助于调查的信息。"当然您也可以与当地警局联系。"那女人说，还用一种崇高的、惊慌失措的眼神看着我。"世上怎么会有这种事？"那眼神在说。

在克莱尔拿着本书上床了的时候，我上楼走向米歇尔的房间。从下方的门缝里透出一道光带。我还记得当时在过道里站了超过一分钟，在认真地考虑，假如我什么都不说会怎样？如果我像其他人一样，就这样生活下去会怎样？我想到了我们的幸福——我们这对幸福的夫妻和我儿子的眼睛。

可之后，我又想到了很多其他看了电视节目的人——那天也去参加了舞会的里克和博的同学——也许他们也看到了跟我看到的一样的东西。我想到我们这片区域、这条街上的人：一直看着一个虽然有些沉默，但一直很友善的，背着个运动包、穿着件棉袄、戴着顶帽子的男孩经过的邻居和店主们。

最后我想到了我哥哥。他不能算作最聪明的一类人，甚至某种程度上称得上迟钝。如果民意调查数据真实的话，那么在即将到来的选举中，他就会被选为我们的新首相。他也看电视了吗？芭比也看电视了吗？外人不可能单凭监视器镜头拍到的画面就认出我们的孩子，但是父母身上都有种特殊的能力，让他们在上千个孩子中也能认出自己的孩子，无论是在人满为患的沙滩上，还是在游乐场，或是在不清不楚的黑白画面上……

"米歇尔，你还没睡吧？"我敲了敲。

他打开门。"哎呀，爸爸！"他看到我的脸时惊讶地叫起来。

"怎么了？"

之后一切进行得很快，反正比我预想的要快。从某种程度上说，他甚至觉得轻松了些，至少现在还有个知情人。"哎呀，"他说了好几次，"哎呀，唉！我们俩说这件事还真是少见！"

从他嘴里说出来的话，听上去好像就是件稀奇的事：好像跟我们在探讨如何在学校庆祝会上钓女孩没什么两样。说到底，他并没说错，这种事我到现在都没有尝试跟他谈过。奇怪的还有，我从一开始就在某种程度上克制自己，好像我想给他足够的自由，不用向我——他的父亲和盘托出，如果这让他尴尬的话。

"我们怎么可能知道，"他竭力申明，"我们怎么可能知道油桶里还有东西？它是空的呀，我发誓，它是空的。"

他和他的堂兄弟真的全然不知一个空油桶还有可能爆炸，这点有用吗？还是说，在一个其实是常识的事实面前，他们在装傻？天然气、汽油烟雾，绝对不要扔火柴到一个空油桶附近——不然为什么在加油站不允许打手机呢？因为空气中的汽油烟雾有爆炸的危险。

是这样吗？

但这些我都没有说出口。我没有攻击他，没有尝试去驳倒他为了给自己脱罪所发表的论调。因为他究竟有多无辜呢？是不是当一个人用台灯砸另一个人的头时，他是无辜的，而当他无意中把同一个人烧死了就是有罪的了呢？

"妈妈知道吗？"对，这是他问的。那时候就问过了。

我摇摇头。就这样，我们俩在他的房间里面对面站着，沉默了一阵，两人的手都插在裤兜里。我没有再问下去，比如没有问他脑子里进了什么，他和他堂兄弟怎么会想出向一个无家可归的女人头上砸东西这种主意。

回过头想想，我非常确定自己就在那一刻，在我们双手插进裤兜站在那里沉默的几分钟内，做出的决定。我不禁想到，有一次米歇尔把一只球射到了一家卖自行车的店的窗玻璃上，那时他八岁。我们一起去找了店主，表示愿意赔偿他的损失。但店主觉得远远不够，开始针对这些"混球"的长篇大论，说他们天天在他的门前踢球，还"故意"把球往他的橱窗玻璃上踢。"早都算准了，早晚有一天会砸破玻璃的！"他说，并补充道，"这正是那帮小子的居心。"

听卖车人讲话的时候，我握着米歇尔的手。我那八岁的儿子低下头，知错地盯着地板，还不时地捏捏我的手。

恼怒的店主把米歇尔也算作那帮混球一类，而我儿子的知错态度如此明显——这两者不幸的组合让我不自觉地转了台。

"啊，闭上你的嘴！"我说。

柜台后的店主开始表现得好像他听错了。"您刚才说什么？"他问。

"你明明听得很清楚，蠢货！我和我儿子来这儿是为了补上你的狗屁玻璃，不是来听你对那些踢足球的孩子尖酸刻薄的连篇废话的。我们的主题究竟是什么，你这蠢货？是一块破了的窗玻璃。这完全不代表你有权这样喋喋不休地辱骂一个八岁的孩子。本来我是来这儿补偿你的损失的，可现在我连一个子儿都不会付。你自己想办法去弄钱吧！"

"您听好了，我不会就这样让您侮辱我，"他说着，欲从柜台后走出来，"是这些蛮横的小子打碎了玻璃，不是我。"

柜台旁边有个立式自行车打气筒，是个经典款，带脚架的，气筒被固定在一块木板上。我弯下腰，抓起气筒。

"站在那儿别动，"我很平静地说，"到目前为止还只是块窗玻璃。"

我的声音里有着某种东西，我到现在还记得，不管怎样，它让店主乖乖地听话，然后退后了一步，重新回到柜台后面。我听上去真的出奇地平静，也没有晕头转向，握着气筒的手抖都不抖一下。卖车的称我为"您"，我也许看上去像个绅士，实际不是。

"请冷静，"他说，"我们并不想干出什么蠢事来，对吧？"

我感觉到米歇尔的手握着我的手指，又重新捏了两下，比之前的几次都要重。我也捏了捏他。

"窗玻璃多少钱？"

他眨了眨眼。"我上了保险，"他说，"只是——"

"我没问这个。我只是问，它多少钱。"

"一百……一百五十盾。所有加在一起两百，包括工钱等。"

为了从裤兜里摸钱出来，我不得不松开米歇尔的手，然后甩了两百在柜台上。

"就是这个，"我说，"我是为了这个才来的，不是来听你关于踢球孩子们的狗屁废话的。"

我把打气筒放了回去。我觉得很愤怒，是愤怒和恼火的混合体，就像你击不中网球时的感觉：你很想拍到它，但总是拍空，你的手臂和网球拍感受不到阻力，而是在击打空气。

那一刻我清楚地知道，到今天也一样：在内心深处我觉得很遗憾，卖车的这么快就屈服了。我想，如果我真的把气筒砸下去了的话，我可能不会那么生气。

"瞧，我们把这些事很好地解决了，对吧，亲爱的？"回家的路上我说道。

米歇尔又牵起了我的手，但他没有回答。当我看着他的时候，可以看到他的眼睛里有泪水。

"怎么了，亲爱的？"我问。我停了下来，走到他面前蹲下。他咬着嘴唇，然后开始放声大哭起来。

"米歇尔！"我安慰着他，"米歇尔，听着，你不需要伤心。那家伙真的不是个好人，我已经跟他说过了。你没做错什么，你只是把一个球踢进了一扇窗而已，这只是个意外。意外随时都在发生，所以他无权对你说那些话。"

"妈妈，"抽泣的过程中他不时地叫着，"妈妈……"

我感到心里有些什么在抽搐，或者更准确地说，心里有些什么不可想象、不可名状的东西在蔓延：一排树篱，一根帐篷支架，一把正在撑开的雨伞。我害怕自己没法再振作起来。

"妈妈？你想去找妈妈？"

他重重地点了点头，并用手抹了抹被泪水沾湿了的脸颊。

"我们要快点去找妈妈吗？"我问，"我们要把我们一起做的一切告诉妈妈吗？"

"是。"他尖声说。

起身的时候我在想，我会真的听到一声咔嚓声，在脊柱或更下方的位置。我牵起他的手，继续向前走。在快到我们家的街角处我注意到，他的脸还是潮湿通红的，不过他已经不再哭了。

"你刚刚看到了吗，那个家伙有多害怕？"我说，"我们几乎什么也不用做。如果单是他的缘故，我们连玻璃都不用赔，但不该这样。一个人弄坏了东西，如果不是故意的，那就简单地赔偿损失就行了。"

米歇尔什么也没说，直到我们到达家门口。

"爸爸？"

"嗯。"

"你当时真的想打那位先生吗？用打气筒？"

我已经把钥匙插进插孔，不过现在我又在他面前蹲了下来。"听着，"我说，"那个人不是什么先生，他就是堆垃圾，连踢足球的孩子都容不下的垃圾。重点不是我是否真的会用气筒揍他，即使是真的，那也是他活该。不不，重点是他真的以为我会揍他，这就够了。"

米歇尔很认真地看着我；我很小心地选择我的措辞，免得他又一次开始号啕大哭。可他的眼睛干干的，他专注地听着，还点了点头。

我把他搂入怀里，靠紧我。"我们不告诉妈妈气筒的事好吗？"我问他，"这是我们俩的秘密好吗？"

他又点点头。

下午他和克莱尔进城去买些衣物。晚上吃饭时，他比往常安静严肃得多。我向他眨眨眼，可他没有回应。

到了他该上床睡觉的时候，克莱尔正坐在沙发上看一部她喜欢的电影。

"你慢慢看，我带他上床。"

然后，我们一同躺在床上又闲聊了一会儿——无害的闲聊，足球啦，他省钱买的新电脑游戏啦。我打算不再提自行车店里的事情，只要他自己不开那个头。

我给了他一个晚安的吻，正准备关灯，他转过身来，用胳膊缠着我的脖子。

他使出以前拥抱时从未有过的大劲，并把头贴进我怀里。

"爸爸，"他说，"亲爱的爸爸。"

23

"你知道，最好是怎样吗？"那天晚上在他的房间里时我问他，在他跟我讲了整个故事的经过，并再一次郑重地向我保证，他和里克从未计划过要烧死某人之后。"那只是个恶作剧，"他说，"那也是……"他做出要呕吐的表情，"要是你也闻到就明白了。"

我点点头，那时就已经做出了决定。我做了一个父亲——我认为——唯一能做的事：设身处地为我儿子考虑。我试着去感受当时的情景：他离开学校的庆祝会，走在回家的路上，和里克、博一起，他们想取钱，然后来到一台取款机前，却发现有人躺在那儿。

我把自己想象成他。我想象着，对一个躺在睡袋里、在小隔间里挡着路的活物，我会做何反应；对那臭味；对那人，一个人（我现在不用额外的如无家可归者、流浪汉之类的表达方法，只说人），一个认为取款机隔间可以用来做睡觉的地方的人，一个当两个男孩想要用跟她相左的意见来说服她时就会恼火的人，一个被扰了清梦就要挑起争端的人。简言之，对那种狂妄的行为，对那种认为自己就有那样的权利的人的狂妄行为，我会做何反应。

米歇尔不是跟我说过，那女人有一副"保养得很好的"嗓音吗？经过修饰的口音，良好的家庭，体面的出身。到目前为止，人们对这个无家可归的女人的出身知之甚少。也许她沦落到今天这个地步不是完全没有原因的。也许她是富裕家庭里的那只黑绵羊，其他的家庭成员都习惯对他人发号施令。

但另外还有件事：这一切发生在荷兰。我们现在不是在纽约的布朗克斯，也不是在约翰内斯堡或是里约热内卢的贫民窟。荷兰有着一个社会福利网，在这儿，没人需要睡在取款机隔间里挡着路。

"你知道，最好是怎样吗？"我说，"我们就先按兵不动。只要没什么事发生，就没事了。"

我的儿子盯了我有几秒之久。也许他已经长大了，不再好意思说"亲爱的爸爸"了，但从他的眼神里，我能看到，除了害怕，还有感激。

"你这样觉得？"他有些迟疑地问。

24

现在，在餐厅的花园里，我们再次面对面沉默地站着。米歇尔几次把他的手机滑盖推上推下，然后塞进了他的上衣口袋。

"米歇尔……"我先开口。

他竭力不看我的脸，头半侧向旁边，朝着黑暗的公园；他的脸也处在黑暗中。"我没时间了，"他说，"我得走了。"

"米歇尔，为什么你没告诉我这些视频的事，或者至少其中的一段？就在那时候，在一切还来得及的时候。"

他蹭了蹭鼻子，用他白色的运动鞋去踢石子，然后耸了耸肩。

"米歇尔？"

他看向地面，说："都无所谓。"

有那么一刻，我想到我本可以或许本必须扮演的父亲的角色，一个现在这会儿会咆哮起来说"这绝对不是无所谓"的父亲。告诫的话已经太迟了，火车早就开走了：在那时候，电视节目播出的那个晚上在他房间里的时候，或许甚至更早。

几天前，在赛吉打电话跟我约餐厅吃饭的事之后不久，我在网上又看了一遍 XY 号档案的节目。我觉得这个主意不赖，并努力说服自己，这是在为能以更好的状态出现在晚餐餐桌上做准备。

"我们得谈谈我们的孩子们。"赛吉说过。

"谈什么？"我回答。我装傻，而且还想，这样更好。

电话另一头，我的哥哥深深地叹了一口气。

"我相信不用再跟你讲一遍这事了吧。"他说。

"芭比知道吗？"我未经大脑就脱口而出了。

"知道，所以我才想进行一次四人的谈话。这跟我们四人都有关。他们是我们的孩子。"

我注意到他并没有询问克莱尔是否知情。很明显，他认为是理所当然的——或者他对此根本不感兴趣。然后他就报了餐厅的名字，人人都认识他的餐厅。他还说过，这家餐厅等一张桌子要七个月并非罕见之事。

克莱尔也知道吗？现在我在想，同时看着我的儿子，这会儿很明显，他真的准备骑车离开了。

"米歇尔，等等。"我说。我们得谈谈，另一个父亲会这样说，另一个，不是我。

我重新看了一遍监视器拍到的画面，笑着的男孩们，用台灯和垃圾袋那个画面里看不见的无家可归的女人，最后还有汽油烟雾爆炸的一道闪光，男孩们急忙逃掉，还有那人们可以拨打的电话号码——或者与当地的警局联系。

我又看了一遍，尤其是最后一部分，当油桶和其他东西被扔进去的部分，是个打火机，在此过程中，我终于看清了。一个 Zippo（之宝）

牌的带防尘盖的打火机，一个只有在开闭器啪嗒一声合上的时候火才会灭掉的煤油防风打火机。这两个不抽烟的男孩揣着这样的一个打火机在身上干什么？有些问题我不问，是因为它们对我而言并不重要，可以说是因为对"不知"的强烈需求——但这个问题我提了出来。"为了给人点火，"米歇尔毫不犹豫地答道，"给女孩子。"当我听了他的回答后很明显有些傻傻地看着他的时候，他又补充了一句，"女孩子问你要火点一支烟如淡型万宝路时，如果你没有打火机的话，就会错失一个良机。"

如上所说，我把最后一部分看了两遍。在一道闪光之后，两个男孩跑出了玻璃门。人们可以看到那扇门是如何慢慢弹回去锁上的，然后影片就停了。

看第二遍的时候，我发现了一些之前没有注意过的东西。我点回米歇尔和里克逃出玻璃门的地方，在门弹回去关上了之后，我把影片慢放，后来更慢，一张一张画面地放。

至于当我有所发现之时我的身体反应怎样，还需要我用大笔墨详述吗？我想，这已经不言自明了：心跳，口干舌燥，脑后的冰柱尖端直插最上面的颈椎的空腔，那儿既没有硬骨也没有软骨，是头骨开始的地方。这一切反应都出现在我将画面定格在最后一幕的时候。

在那儿，右下角，一点白色的东西，一点看一次谁都不会发现的白色。因为所有人都以为在此之前已经看到了最糟糕的部分，那灯、垃圾袋、油桶……还有让人摇头、说些忿忿不平的话的时候：小子，世界，手无寸铁，谋杀，视频片段，电脑游戏，劳改所，更严厉的惩罚，判死刑。

画面定格了，我盯着那白色的东西。门外是一片漆黑，玻璃门上反射出小隔间内部的一部分：灰色的瓷砖地面，取款机和它的键盘及屏幕，还有取款机所属银行的标志，人们会说 Logo，我想。

就纯理论而言，这个白色的东西可能是霓虹灯光照到的里面的一个物体——或是男孩们向女人扔过去的物体反射出来的光。

但这真的只是就纯理论而言。那个白色的东西是在外面，是从外面、从街上进入画面的。任何一个观众都不会注意到这点，更不用说 XY 档案节目了。要注意到那个白色的东西，就必须把影片定格，或者像我刚刚所做的那样，一张一张画面仔细地看，即便这样，也还……

人们得知道看到的是什么，这是关键。我很肯定我知道我所看到的东西，因为我立刻就认出了它到底是什么。

我点下"放大"键，画面现在虽然变大了一些，但清晰度也跟着变低，轮廓变得模糊不清。我不由自主地想到《放大》——米开朗基罗·安东尼奥尼的一部影片，其中的摄影师在放大一组照片的时候，发现了灌木丛中的一个男人拿着一支手枪。事后证明，这正是一起谋杀中所用的武器。可此时在电脑上放大似乎没有用，于是我又点了"缩小"，并拿起我放在书桌上的放大镜。

用放大镜最重要的就是距离要恰到好处。随着我在屏幕前不停地推进拉远，画面变得越来越清晰、越来越大。

在更大更清晰的情况下，我现在可以肯定自己之前以为认出了的东西：一只运动鞋。一只无数人都穿的白色的运动鞋。无数人都穿的，比如我的儿子和侄子。

想到运动鞋，我真的只用了很短的时间，最多十分之一秒：虽然唯一的一只运动鞋可以指向上万个穿运动鞋的人，但是反过来，要在上万个穿运动鞋的人当中找到相配的另一只，简直难于上青天。不管怎样，我没有在这个问题上纠结很久，我更感兴趣的是这幅画面所传递的信息，或者说，取款机隔间玻璃门外的这只白色的运动鞋意义何在？又或者说，它有何象征？

我又仔细确认了一遍。我把放大镜时而靠得更近，时而又拉开很远，经过更仔细的观察，我发现鞋子上方有一点点淡淡的染脏，外面的街的颜色比它还要略微深一些。那很可能是条腿，穿运动鞋的人的裤腿闯进了画面里。

这可能有两种含义：第一，他们回来了；第二，警察可能未与 XY 档案节目商定就已经决定不播放最后的画面。

当然，所有的一切都有可能。当然，这只运动鞋不一定非得是米歇尔或里克的，它也可以是任意一个在两个男孩离开取款机后半分钟内经过的路人的。但这种可能性实在不大，谁会在这么晚的时间，在这样一个偏僻的地区的街上闲逛呢？再者，如果真是这样，那么这个路人很可能是看到了两个男孩的目击者，一个本该在节目中呼吁他与警方联系的重要证人。

老实说，对于这只白色的运动鞋，实际上只有一种解释：作案人又回来了。米歇尔和里克又回来了，为了亲眼看看他们干的事。

事实上，这已经够让人不安的了，但说到底也只是让人不安而已。真正告急的则是 XY 档案节目没有播出这段画面。我在想，他们这样做的原因究竟是什么？难道这些画面会让人有更充足的证据来指证米歇尔或里克（或他们两个）？可如果那样的话，他们就更应该播出这段画面了呀。

或许这些画面不重要？我满怀希望地想了三分钟。这是个观众不会再感兴趣的不重要的细节？不，我马上就推翻了自己。它不可能不重要，单单他们又回来了这个事实就已经太重要了，观众怎么可能会轻易放过。

从这一点可以看出，有些东西是不能给电视观众看到的：一些只有警察和作案人知道的事实。

我们总是会读到，警方在公开侦查的过程中总会隐瞒一些细节，比如准确的杀人凶器，或者凶手在死者身上或周围留下的线索，等等。这样做，是为了防止某些疯子冒充罪犯来认罪——或者模仿该行为。

我刚刚才想起一个问题，米歇尔和里克是否也看过监视器拍摄到的视频？在那个电视里播放 XY 档案节目的晚上，我跟米歇尔说了，他们被监视器的摄像头拍了下来，但几乎认不出。我还补充说，目前还没有什么事发生，之后我们就没有再谈到这段视频了，基于这样的想法：不再提一丁点关于视频的事可能是最好的方式，为了不要一再地去撩拨我和我儿子之间的秘密。

我本来指望这件事就这样过去，随着时间的推移，人们对此事的注意力也渐渐退去，而被其他更新的新闻占据，然后就把爆炸的油桶之事从他们的记忆里抹去。得有什么地方爆发一场战争，或许一次袭击会更好，死很多人，很多贫民牺牲者，然后人们就会摇头。救护车忙碌地开来开去，火车或有轨电车的铁皮被挤得皱巴巴的，一幢十层的高楼正面的墙被炸飞了——只有这些，才会让取款机隔间里的无家可归的女人退居二线，一个小事故，在很多更大的事故面前，就会相形见绌。

在刚开始的一周，我曾希望这个新闻会渐渐过时，哪怕不在一个月内，而是在半年之内——反正最多不超过一年。警方的时间也会被其他更紧迫的案子占据，有时间来调查此案的人越来越少，至于那些顽固的，就算没有上级命令，自己单枪匹马也要咬住悬而未决的案子不放的类型，我并不担心——这样的人只会出现在电视剧侦探片里。

半年后，整整半年之后，我们就又会回到一个幸福的家庭，继续生活下去。尽管总会有个伤疤，但这伤疤不会挡住我们幸福的路，而且在此期间，我会尽可能地低调行事，做些最普通的事，偶尔去个餐厅、影院，或者和米歇尔去踢个足球。晚上坐在桌边时，我一直密切关注着我的妻子，想从她的行为举止看出，她是否也估计到了监视器拍到的那些画面与我们这个幸福家庭之间的联系。

"有什么事吗？"有个晚上她问，很明显是我盯她盯得太紧了，"你为什么这样看着我？"

"没什么，"我说，"我看你了吗？"

然后克莱尔就会笑，并把她的手放在我的手上，温柔地捏捏。

在这种情况下，我总是要拼命地避免去看我的儿子。我不想看到什么意味深长的眼神，我也不会向他以眼神示意，或是让他以任何方式觉得我们分享着一个秘密。有了这样一个共享的秘密，我们在共享信息这点上就比克莱尔——他的母亲，我的妻子——有了优势。我们若将她以某种特定的方式排除在外，由此产生的对我们这个幸福家庭的威胁，会比取款机隔间里发生的不幸还要大。

没有意味着共识的眼神交流，当然也没有眨眼示意，就没有秘密，我这样为自己辩驳。在取款机隔间里发生的意外事件，可能只会让我们压抑难受，但随着时间的推移，我们就会慢慢摆脱掉这些记忆，就像所有其他人一样。我们应该忘记的还有这个秘密。而且最好是，这样的遗忘可以早些开始。

25

计划是这样的。在我没有重新看 XY 档案、没有发现白色运动鞋之前，计划更多是这样的。

下一步是纯粹的灵感。也许哪里还会有其他的资料，我想。或者更准确地说：也许这不知名的资料可能会有意或无意地出现在其他网站上。

我上了视频网站。机会十分渺茫，但尝试一下也无妨。在"搜索"栏里我打上了那台取款机所属的银行的名字，后面再加上"无家可归""死亡"和"风餐露宿"等字样。

还真找到了三十四个相关条目。我按照图片的指示向下滚动鼠标。打头的图片几乎都是同一张：两个戴着帽子的大笑着的男孩的脑袋。只有相应的标题和简短的内容说明有些出入。《荷兰男孩杀人凶手》还算是措辞最客气的一个，另一个叫作《别在家里玩——点燃的炸弹炸死无家无归的女人》。每一个视频都极受欢迎——成千上万的点击率。

我随意地点开了一个，尽管是个较快的剪辑版，我还是又看了一次，看到办公椅、垃圾袋，还有那个油桶是怎么被扔进去的。我又看了几次。在一段题为《最新鲜火爆的旅游胜景：把你的钱扔到火里去》的剪辑中，有人还给这段视频配上了滑稽的笑声。在那两个男孩每朝那女人扔一样东西之后，就会有一阵笑声。这笑声最后刚好在油桶发出一道闪光的那一刻变得歇斯底里起来，然后视频在一片雷鸣般的掌声中结束。

大部分视频都没有出现白色运动鞋的镜头，它们都是在罐子发出闪光、男孩们跑掉之后就立即结束了。

事后我没法解释自己为什么会看下一段视频，它看起来与其他的视频并无不同，开始的镜头也都是一样的：两个笑着的年轻人戴着帽子，只不过这个视频里他们俩一开始就高高举着办公椅。

也许是因为它的标题跟其他的不一样，叫《黑衣人Ⅲ》。不是什么搞笑的标题，而是像我后来发现的那样，是唯一的一个不是针对所展示事件，而是间接指向作案人的标题。

《黑衣人Ⅲ》从被扔的办公椅开始，跟着是垃圾袋、台灯和油桶，但是有一处根本性的不同：每当两个或其中一个男孩在镜头里显得稍微清晰一些的时候，画面就慢下来，而且每当此时，人们就能听到一种预示着灾难来临的音乐，或者更像是一种嗡嗡声，低沉的汩汩声，让人首先会联想到地下水或海难电影。这种加工的效果就是，更多的注意力被集中到米歇尔和里克身上来，而不是扔那些在树边找到的东西的过程。

这两个男孩是谁？配了预示灾难的音乐的慢镜头似乎在问。他们在干什么，我们慢慢就知道了。但是他们是谁呢？

关键的一记重锤直到最后才出现。在一道闪光和门关上了之后，整个画面一片漆黑。我已经打算要看下一个视频了，可视频下方的时间刻度表显示的是，《黑衣人Ⅲ》共长两分五十八秒，而现在才到两分三十八秒。

如我刚才所说，我本来已经要关掉该视频点击下一个了，我本来以为后面的二十秒画面都会持续黑屏——音乐声又大起来，我以为最多就再出现个片尾字幕，再无其他。

如果我真的就在那一刻关掉了那个视频，那么今晚我们在餐厅里的晚餐会面会是什么样呢？

答案是，不知道。嗯，好吧，是相对不明。我可能还会再多做几天，或者多做几周、几个月我的幸福家庭仍然继续的美梦；只需在唯一的一晚上将我的家庭和我哥哥的相比较；可以观望芭比是如何掩饰她眼镜背后的眼泪，而赛吉又是如何四口就吞下那一大块肉而食不知味的。然后我就可以挽着我妻子的腰和她一起闲逛回家，不用看对方就都知道，幸福的夫妻都是相似的。

画面从漆黑变成灰白。又可以看到取款机隔间的门了，不过这会儿是从外面。画质变差了，我立刻想到大概可以跟手机的画质相比。

那白色的球鞋。

他们又回来了。

他们又回来了，为了录下他们所做的事。

"放屁！"屏幕外的一个声音（里克）说。

"呃，真恶心！"另一个声音（米歇尔）。

这会儿镜头转到了睡袋的底部，淡蓝色的烟雾弥漫在空气中。镜头费劲地从睡袋底部慢慢向上移。

"走吧。"（里克）

"不管怎么说，现在这儿闻起来不那么恶心了。"（米歇尔）

"米歇尔……走！……"

"过来，站到那旁边。你得说傻驴，然后我们就大功告成了。"

"我走了……"

"别，你这蠢货！待在这儿！"

镜头停在了睡袋的顶部，画面定格了，最后又变成了一片漆黑。红色的字体显出下面的文本：

《黑衣人Ⅲ》

续集

即将上映

我等了几天。米歇尔经常不在家，他的手机他一直带在身上，直到今天我才有机会——今天晚上，在我们来餐厅之前不久。当他在花园修他的自行车时，我去了他的房间。

我本以为他已经删除了。我希望，我迫切地祈求，他已经删除了。我还有个很渺茫的愿望：网上的画面就是一切了——不会再有更多的了。

但更多的出现了。

就在几小时前我看到了其余的部分。

　　"米歇尔，"我催促着我的儿子，他已经半转过身准备要走，他说过无所谓，"米歇尔，你必须把这些视频删掉。早就该删掉了，现在真的必须删了！"

　　他站着没动，又一次用他白色的耐克鞋踢着石子。

　　"哎呀，爸爸……"他开口道。看上去好像他要说点什么，可是他只摇了摇头。

　　在两段视频里我都亲眼看到、亲耳听到他是如何对他的堂兄弟呼来喝去，有时甚至训斥的。这正是赛吉常常说他的地方，无疑今晚他又会老调重弹：米歇尔给里克带来了不好的影响。对此我总是否认。在我听来，这纯粹是他的花招，借此来轻易地把他儿子该担的责任抹得一干二净。

　　从几个小时前开始（实际上当然更久），我知道，他说得没错。米歇尔是头，他指挥方向，里克是乖乖听话的随从，然而在内心最深处，我对这种等级次序备感骄傲，暗自在想，这样比倒过来好。在学校里，从来没有人惹米歇尔，他的身边总是围绕着一群顺从的朋友，围绕在我儿子身边就是他们最爱做的事了。经验告诉我，孩子在学校里被愚弄，家长会有多难受，而我从未难受过。

"你知道，最好的办法是什么吗？"我说，"你得把你的手机扔了，扔到人们再也找不到的地方去。"我看了看周围。"比如这儿。"我指了指他刚刚骑车经过的那座桥，"扔到水里。如果你愿意的话，我们周一可以一起去挑一部新的。你这手机用了多久了？我们就说，它被偷了，然后延长合同。这样你周一就有部新的三星或者诺基亚了，或者别的你喜欢的。"

我向他伸出手，掌心朝上。

"要我帮你扔吗？"我问。

他看着我。我看见了那双我看了一辈子的眼睛，但我也看到了一些我宁愿没看到的东西：他用那种眼神看着我，好像我为点鸡毛蒜皮的小事就会激动，好像我只是一个纠缠不休、担心这个担心那个的父亲，一个连他儿子几点从舞会回家也要调查的父亲。

"米歇尔，这不只是关系着一个简单的舞会，"我说得又快又大声，超出了我的本意，"这关系着你的前途！"前途——又是一个如此抽象的概念，我在想，立刻就后悔用了这个词。"该死的，为什么你们还要把这些画面放到网上？"不要骂人，我警告着自己。如果你现在开始骂人，那么你跟那些你很讨厌的二流业余演员就没什么分别了。可其间我甚至叫了起来。每个在迎宾台或更衣室附近的人都有可能听到我们的声音。"这也叫酷吗？还是强大？这也无所谓吗？《黑衣人Ⅲ》！天哪，你们这究竟是在干些什么呀？"

他把手插进了上衣口袋里，头垂着，眼睛从帽子尽下方向上窥探。

"我们没有做过。"他说。

餐厅的门开了，笑声响起，有人走了出来。两个男人和一个女人。男人们穿着定做的西服，女人穿着一条银色的裙子，几乎整个背都露在外面，挎包也是相同的色调。

"你真的这样说了？"女人咯咯地笑，穿着她同样是银色的高跟鞋，有些不太稳当地踏了几步，"去恩斯特家？"

其中一个男人从口袋里掏出一串钥匙，丢向空中，说道："为什么不呢？"他得把手臂伸得远远的才能接到空中的钥匙。"你疯了！"女人尖叫着。当她从我们身边经过时，她的鞋子踏在石子路上咔咔作响。"谁还能开车？"另一个男人说着，三个人都大笑起来。

"好，等一下，"在那群人走到石子路的尽头，左转，向桥走去时，我说，"你们把个无家可归的女人点着了，然后拍了下来，用你的手机，就像拍地铁站的酒鬼一样。"我注意到，那个在地铁站挨打的男人在我的嘴里变成了酒鬼。也许还真是这样，一个酒鬼比那种一天喝两三杯的人更活该挨揍。"然后它就突然跑到了网上，因为你们想这样？你们想让尽可能多的人看到它？"我突然想到，不知他们有没有把殴打酒鬼的视频也放到视频网站上。"这酒鬼现在也在网上了吗？"我跟着马上就问了这个问题。

米歇尔叹了一口气。"爸爸！你都不听我说！"

"我不听你说！我就是听得太多太多了。我……"餐厅的门又一次打开了，一个穿西装的男人环顾四周，向旁边挪了几步，走到大门边灯光照不到的地方，然后给自己点了一支烟。"该死！"我骂道。

米歇尔转过身向他的自行车走去。

"米歇尔，你要去哪儿？我还没说完呢！"

可他还是就这样走了，从口袋里掏出钥匙插进车锁，只听啪的一声，锁开了。我飞快地扫了一眼餐厅门口抽烟的男人。"米歇尔，"我小声但有些急切地叫道，"你不能就这样逃走，我们得想想，现在该怎么做！还有没有别的视频我没看过？你是要我先上视频网站去搜索，还是你自己现在就告诉我……"

"爸爸！"米歇尔倏地转过身，抓住我的手臂，猛地一拽，说道，"能不能闭上你的嘴啊！"

我吃惊地望着我儿子的眼睛，那双诚实的眼睛，从那里面——现在还反复叨叨此事已经没有意义了——只看得到仇恨的光芒。当我迅速向旁边瞥了一眼，看见那个抽烟的男人时，才回过神来。

我干笑了几声。虽然我看不见自己的笑，但毫无疑问，一定是有些傻乎乎的。"好，我闭嘴。"

米歇尔放开了我的手，咬着自己的下嘴唇，摇摇头："上帝啊！你什么时候才能正常点？"

我感到有根冰冷的锥子刺进胸中，换作任何一位父亲，这时一定会说："谁不正常了？啊？是谁？你说谁不正常了？"可我不是他们。我知道自己的儿子的目的是什么。我本想，我也许可以伸出手拥抱他、搂紧他，但很可能他会因为害羞而把我推开。我清楚地知道，这样一个肢体的拒绝很可能会让我飙出眼泪来，而且一发而不可收。

"我亲爱的儿子啊。"我说。

冷静，冷静，我对自己说。我得倾听，此刻我又想起了米歇尔说过的话，说我从不听他说话。于是我说："我在听。"

他又一次摇了摇头，把车从停车架中取出来。

"等等！"我叫了起来。我尝试着控制自己，甚至向旁边退了一步，为了不要让场面看起来好像是我欲挡他的路。可在我自己真正反应过来之前，一只手已经擒住了他的手臂。

米歇尔向他的手望去，仿佛一只不知名的虫子落在了他的手臂上，然后又看着我。

成败尚未成定局，我脑子里闪过这个念头。我们面临着一个转折点，究竟结局怎样，将由一件事后无法再抹去的事决定。我把手从他的手臂上拿了下来。

"米歇尔，还有件事。"我说。

"爸爸，说吧。"

"有人打电话给你。"

他紧紧盯着我。在下一秒，我几乎能从他的表情里看到他的拳头，但对此我一点也不吃惊：他的拳头的骨节狠狠地打在我的上嘴皮，或者再高点，打在我的鼻子上，然后血流不止，但这样一来，有些事就会变得更清晰、更明了。

但是什么也没发生。"什么时候？"他问，声音很平静。

"米歇尔，你得原谅我，我本不该这样做的，可是……都是那些视频的关系，我想跟你……我试过……"

"什么时候？"我儿子把他已经踩上踏板的脚又放了下来，两只脚牢牢地贴在石子地面上。

"就在没一会儿之前，还留了条口信。我听了。"

"谁来的？"

"是B……是法索。"我耸耸肩，咯咯地笑起来，"你们还这样叫他？法索？"

我看得很清楚，不可能搞错：我儿子的脸僵住了。虽然当时的光线很弱，但我可以发誓，他的脸绝对变得有些苍白。

"他想干吗？"他的声音听上去很平静，又或者不是，是相当不平静。他试着让自己听起来镇定自若，差不多好像今晚他的义堂兄给他电话这件事，对他已经没有更多意义似的。

但他还是暴露了自己。有意义的是另外一件事：他的父亲窃听了他的留言信箱。这很不正常。任何父亲都会反复思量，顺便说一句，这我也做过。我反复想过，米歇尔会大怒，他一定会咆哮：我是怎么想出来要窃听他的留言信箱的？这样的话就正常了。

"没什么，"我说，"他叫你给他回电话。"差点就要补上一句：用他那扯出来的和蔼的语调。

"好。"米歇尔说。他简短地点了两下头。"好。"又重复了一遍。

突然，我想起一件事。就在他之前打他自己的手机的时候说过，他需要一个号码。他要来取回他的手机，因为他需要一个号码。我现在很想知道究竟是哪个号码。但我没有继续追问下去，因为我又想起了另外一件事。

"你说我不听你说话，"我说，"可我绝对听过，就在我们讨论你们把视频放到网站上这件事的时候。"

　　"是的。"

　　"你还说你们没有做过。"

　　"是的。"

　　"那究竟是谁做的？是谁把它放到网上的？"

　　有时候大声问会得到问题的答案。

　　我看着我的儿子，他也看着我。

　　"法索？"我问。

　　"是的。"他说。

27

突然一阵沉默，这让来自公园和河的另一边的街上的声音显得大了起来。从树枝间拍翅起飞的鸟，加大油门的汽车，教堂塔楼上敲了一下的钟——一阵静谧。在这静谧里，我和我的儿子两两相望。

我虽不能肯定，但我觉得好像看见了米歇尔的眼睛里有些湿湿的东西。他的眼神说明了一切。

你现在终于明白了吧？那眼神在说。

突然，我的上衣左边口袋里的一阵铃声打断了这沉默。前几年，我的听觉变得有些迟钝，于是我就把手机铃声设置成了 Old Phone（老手机），这是个很老的、可以让人想起老式的合成塑料材质的黑色手机的铃声，我到哪儿都能听出来。

我从口袋里掏出手机，本想挂掉它，直到认出屏幕上出现的名字：克莱尔。

"喂？"

我向米歇尔打了个手势，让他先别走，他两臂交叉撑着他的自行车把手，似乎突然又不急着走了。

"你在哪儿？"我妻子问。她很小声，但很坚决，餐厅的背景声音听起来比她的还要大。"这么久你跑到哪儿去了？"

"我在外面。"

"你在做什么呢？我们主菜都快用完了。我还以为你马上就会回来的。"

"我和米歇尔在外面呢。"

其实我本来想说"和我们的儿子"，但我没这样说。

短暂的安静。

"我过来。"克莱尔说。

"不，等等！他马上就走了……米歇尔马上就要离开了……"

电话已经挂断了。

爸爸对此一无所知，就该这样。我想到我的妻子，她马上就要走出餐厅的门，我待会儿要怎样看她？或者这样说：我是不是还能够像几个小时前在小酒馆里和那些平民在一起时那样看她？那时她还问我有没有觉得米歇尔最近有些古怪。

简言之：我问自己，我们还是不是个幸福的家庭？

我的下一个念头转到了被烧的、无家可归的女人的视频上，还有那个问题：这视频是怎么跑到视频网站上去的？

"妈妈要来吗？"米歇尔问。

"是的。"也许是我的幻觉，但我总觉得当他问我"妈妈"是否要来的时候，他的声音里显出了一丝轻松的感觉，似乎他跟他的父亲在这儿已经站得够久了。他的父亲，什么忙都帮不上他。妈妈要来吗？妈妈会来的。我必须快点，我得把他纳入我的保护之下，在我还能保护他的唯一领域里。

"米歇尔,"说着,我又把一只手搭在他的手臂上,"博……法索……知道些什么?法索怎么会知道关于视频的事?他不是已经回家了吗?我是说……"

米歇尔很快地瞥了一眼餐厅大门,仿佛他希望他的母亲现在就出现,把他从这痛苦的和父亲的相处中拯救出去。我也很快地看了一眼门口,有些变化,但我又不能马上说出到底是哪儿变了。我想起了那个抽烟的男人,那个抽烟的男人不见了。

"就这样。"米歇尔说道。就这样。这话以前他也一直说,在他丢了衣服或是把书包落在哪个足球场了,我们问他发生了什么事的时候。就这样……就这样留在那儿了。"我就这样把视频电邮给了里克。然后法索看到了,他就这样从里克的电脑里把它下载了下来,然后把一段剪辑放到了视频网站上,而现在他威胁我们,如果我们不给他钱,他就把剩下的也放上去。"

我本有若干的问题可以提。我想了一秒,要是换作别的父亲会问什么。

"多少钱?"我问道。

"三千。"

我看着他。

"他想买一辆摩托车。"他说。

28

"妈妈。"

米歇尔双手绕上克莱尔的脖子，把脸埋进了她的发间。"妈妈。"他又叫了一声。

妈妈来了。我看着我的妻子和儿子，想到了那些幸福的家庭，想到了我经常这样看着他俩的情景，而我从未试过挤进去——这也是幸福的一个组成部分。

克莱尔抚摸了一阵米歇尔的背和后脑勺——他的黑色便帽之后，抬起头看着我。

"你知道些什么？"她用她的眼神问我。

"所有的。"我回答。

"几乎所有的。"我更正道，脑子里想到的是克莱尔在信箱里给她儿子的留言。

然后克莱尔抚着他的肩膀，亲了亲他的额头。

"你怎么来这儿了，亲爱的？"她问，"我以为你有约会。"

米歇尔的眼睛在寻找我。我这会儿才明白，克莱尔完全不知道视频的事。她知道的比我到现在为止假设的多得多，但是关于视频，她却一无所知。

"他来拿点钱。"我说着,继续看着米歇尔。克莱尔眉毛上扬。"我问他借了点钱,本来应该今天晚上来吃饭之前还给他的,但我忘了。"

米歇尔低下头,用白色的运动鞋刨地上的石子。我妻子盯着我,却没说什么。我开始在裤兜里摸索。

"五十欧元。"我一边说着,一边从口袋里掏出张五十欧元的纸币递给米歇尔。

"谢谢爸爸。"他说着,把钱塞进了上衣兜里。

克莱尔深深地叹了一口气,抓起米歇尔的手。"你不必……"她看着我,"我们最好进去,他们已经开始问你这么长时间上哪儿去了。"

我们拥抱了儿子,克莱尔还给了他三个脸颊上的告别之吻,然后我们看着他穿过小路向桥上骑去。在上到桥上一半时,有那么一会儿,看起来好像他还想转过身来与我们挥手示意,但他只是向空中伸出了一只手。

当他已经被街另一侧的灌木掩盖,消失在我们的视线中时,克莱尔问道:"你是从什么时候开始知道的?"

我强压下了本能的冲动,没有马上就用"那你呢"来反问她,而是回答道:"从 XY 档案开始。"

她抓着我的手,跟我刚才抓着米歇尔的时候一模一样。

"唉,亲爱的。"她叹道。

我半侧过身,这样就能看到她的脸。

"那你呢?"我问。

现在我的妻子抓起我的另一只手，苦笑地看着我——这笑让我们十分不情愿地回到了过去。

"你该知道，在任何事上我都是首先想到你的，保罗，"她说，"我不希望……我想，这可能太过了。我害怕……我害怕，你又……唉，你知道的。"

"什么时候开始的？"我小声问，"你什么时候知道的？"

克莱尔捏了捏我的手。

"就在同一天晚上，"她说，"他们在取款机小隔间的那天晚上。"

我盯着她。

"米歇尔给我打了电话，"克莱尔说着，"那时候那件事刚刚发生。他问我他们该怎么办。"

29

　　我还在工作的时候，有一次上课讲到一句关于斯大林格勒战役的话，我扫了一眼整间教室。

　　那么多颗脑袋，我在想，那么多颗脑袋，里面皆是空空如也。

　　"希特勒当初一味地醉心于斯大林格勒，"我说，"尽管从战略上看，马上突破莫斯科会好得多，但是对他而言，问题在于这城市的名字——斯大林格勒。这座城市有着他最大的劲敌约瑟夫·斯大林的名字。这座城市必须首先攻占，因为这将会产生一种心理上的效应，攻占了它就等于攻占了斯大林。"

　　我停了一会儿，又扫了一眼整间教室。几个学生正在记我说的话，其他人都看着我，其中既有感兴趣的，也有目光呆滞的。我觉得感兴趣的人多过呆滞者，不过其实这些我都已经无所谓了。

　　我想到了他们的生活，许多人都要继续进行下去的生活。

　　"这些个非理性的原因，会导致一场战争的胜利，"我说，"抑或失败。"

　　在我还在工作的时候——对我而言，说出这句话还是一如既往地困难。我可以在此做一番详细的说明：我曾在很久以前对自己的人生有过其他的规划，但都没用上。是有过其他的计划，至于其内容就与任何人都不相关了。"在我还在工作的时候……"这句话于我而言，不管怎样都比"在我还站在讲台上的时候……"听着舒服，或者比那句最可怕的，那些最恶劣的家伙——我以前那些全都自称纯种教育家的老师和同事，他们最喜欢说的一句话——"当我还在从事我的教育事业的时候……"，听着舒服。

我更愿意说说我教课的内容，当然这也与其他人无关。人们会马上给你盖上印章，说，哦，他就是老师。这说明了点什么，但是究竟说明了什么，这个问题的答案，他们却不会透露给你。我教历史，我教过历史，后来就没有再教了。大约十年前我就停止了。我不得不停止——尽管我一直还是认为，不管是"停止"还是"不得不停止"，在我这宗个案里都一样与真相相去甚远，尽管是在不同方面与真相相左，但距离都是一样远。

那是从火车上开始的，在去柏林的火车上。结局的开端，我想说：（不得不）停止的开端。要是算回去，整个过程还不到两三个月。一旦开始了，就真的很快。就像一个人刚被诊断出患有恶性疾病，六周后他就死了。

之后我最多的感受就是开心和轻松。教课的时间也真够久了。我一个人坐在一节平时都是空的车厢的窗边往外看，半个小时都只有一排排的桦树从窗前飞奔而过。然而现在我们正穿越越个城市的近郊。我看见很多住房还有高楼，那些房子的花园，经常几乎延伸到铁轨。其中一个花园里，绳子上晾着白色的床单，另一个则挂着秋千。那时是十一月，天很冷。花园里看不到一个人。"也许你该去度个假,"克莱尔说,"去他个一周。"她说,她注意到了我身上有些特点:我对任何事都会特别激动,反应剧烈。这一定是因为我的工作,学校的工作。"有时我会问自己,你究竟是怎么坚持下来的,"她说,"你真的不需要自责。"她说米歇尔还不到四岁,她能行,他一周上三天幼儿园,在这三天她就有时间留给自己。

我曾想过罗马、巴塞罗那,想过那儿的棕榈树和露台,但最终还是选择了柏林。特别是因为我还没有去过那里。一开始,我还有点小兴奋。我收拾了个小箱子,想尽可能少带点东西:轻松上路,我想这样去旅行。那点小兴奋持续到了火车站,去柏林的火车已经在轨道上候着了。刚开始的一程还相当不错。我看着一排排的住宅区和厂房慢慢地从视野中消失,没有一丝遗憾。同样在第一群奶牛、水沟和电线杆出现时,我也只是把视线投向我面前的东西,投向马上要在我面前出现的东西。之后,兴奋感被些别的东西挤掉了。我想到了克莱尔和米歇尔,想到我们之间越来越大的距离。我看到我的妻子和我们的儿子一起出现在幼儿园大门口,看到她把米歇尔抱上自行车后座,然后手里拿着家门钥匙插进我们的门锁。

当火车到达德国的地界时,我已经去了几趟餐车,为了拿些啤酒。已经太晚了,我已经到了一个无法回头的点。

此时我看着那些房子和花园,心想,到处都是人。有这么多的人都把他们的花园甚至建到了铁轨边来。

到了酒店房间,我给克莱尔打了电话。电话里,我试着让自己的声音听起来正常些。

"怎么了？"克莱尔马上就问道，"你一切都还好吗？"

"米歇尔怎么样？"

"很好。他在幼儿园里用陶土做了一只大象，也许他想自己跟你说。米歇尔，爸爸要跟你讲电话……"

不，我想说。不。

"爸爸……"

"哈啰，我亲爱的。妈妈跟我说了什么，你做了一只大象对吗？"

"爸爸？"

我得随便说点什么，但就是想不出该说什么。

"你是不是感冒了，爸爸？"

在接下来的几天，我竭尽全力去扮演一个兴致盎然的游客：我沿着剩下的柏林墙散步，在那些据旅游指南描述只有普通的柏林人才去的饭店里吃饭；夜晚是最糟糕的，我站在酒店房间的窗前，看着街上来来往往的车辆和数不尽的灯光，还有那些行色匆匆的路人。

我有两个选择：要么待在窗边看，要么把自己融入到这些人当中去。我也可以假装自己好像在去什么地方的路上。

"怎么样？"一周之后，当我重新把克莱尔搂在怀里时，她问道。我搂得比我之前想要的还要紧，但另一方面，我又搂得不够紧。

几天后，学校也开学了。开始的时候，我还以为这跟我出了趟远门有关。

但实际上发生了点事，这些事被我带回了家。

"人们可以问问自己，如果没有发生第二次世界大战的话，现在会有多少人，"我说着，在黑板上写下了数字 55 000 000，"如果他们都继续努力制造出更多的孩子来……请你们在下节课之前算出来。"

我绝对知道，盯着我的学生比平时多得多，也许甚至所有的学生都在看着我：先看看黑板，然后回到我身上。我笑笑。学校的楼里通风设备都是中央控制的，窗户是不能打开的。"我去外面透会儿气。"说着，我就离开了教室。

30

我不知道，是不是那时候就已经有学生直接去投诉了，还是这些抱怨通过迂回的方式，从家长那儿传到了校长那儿。不管怎样，有一天我被请进了校长办公室。

校长是一个今天已经很少见了的那种人：侧分头，棕色的西装上是鱼骨形花纹。

"我听到了很多关于您的历史课课程设置的投诉。"让我在他的办公桌对面唯一的一把椅子上坐下之后，他说。

"谁的投诉？"

校长望着我。在他头部后面挂着一张由十二个省组成的荷兰地图。

"这不重要，"他回答，"更重要的是……"

"这当然重要。投诉是来自家长还是直接来自学生？家长总是比较容易来投诉，学生就没有那么积极。"

"保罗，最关键的是你说的关于战争牺牲者的事。如果我接下来重复错了的话，你得纠正我。关于二战中的牺牲者。"

我向后靠，或者该说尝试着向后靠，但是这椅子的靠背相当硬且直，几乎动不了。

"你以一副相当倨傲的姿态说那些牺牲者，"校长说，"你还说，他们的牺牲是他们自己的错。"

"这我从没说过。我只说了，不是所有的牺牲者都天生是无辜的牺牲者。"

校长看向他桌上的一张纸。

"这儿写着……"他开始了，然后又摇了摇头，摘下眼镜，用拇指和食指捏捏鼻根，"你得明白，保罗，真的是家长的投诉。家长们一直在投诉。你不用跟我辩解说这些投诉的家长天生就是那种喜欢抱怨的人。大多数情况下只是些无足轻重的小事，什么在自助餐厅有没有苹果啦，我们怎么看待经期进行体育运动啦，都是些琐事，很少有关于课堂内容的。但这一次却是，而这对学校不好。对我们来说，最好的就是你老老实实地按照教材内容来讲课。"

在整个谈话过程中，我第一次感到颈背有些痒痒的。"那么请问我哪里没有按照教材的内容来讲？"我平静地问道。

"这儿写着……"校长又一次摆弄起桌上的那张纸，"为什么你不自己告诉我呢？你当真说了什么，保罗？"

"没什么特别的，我只是让他们做了道算术题而已。如果一个社会里有十万个人，那么其中有多少个混蛋？有多少责骂孩子的父亲？有多少笨蛋嘴巴臭得要命，但却拒绝改正？有多少无聊愚蠢的废物，一辈子都在抱怨他们所遭遇的但其实根本不存在的所谓的不公？你们看看周围，我对他们说，你们希望哪些同学明天不再出现在教室里？你们想想你们家中的某一个成员，想想恼人的叔叔和他无聊的故事，或者虐待自己的猫咪的堂兄。想一想，你们——不只你们，而是整个家庭——将会觉得多么轻松，如果这位叔叔或堂兄踩到地雷，或是被高空中投下的飞机炸弹击中。现在想一想到目前为止所有的战争中的所有牺牲者——我从没特别地说到二战，只是经常用它来做例子，因为这是讲到战争时他们最常用来开头的例子——想想那成千也许上万的死者，他们可能正好是你不感兴趣的人。所有这些牺牲的人都是好人，单从统计学来讲，这是不可能的，但是人们也可能一直都是这样认为的。真正的不公平，也许更多地在于那些混蛋也跑到了无辜的牺牲者的名单上，他们的名字也被刻上了战争纪念碑。"

我稍停了一会儿，为了喘口气。我对这位校长的了解到底有多少？他让我把话都讲完，但这说明什么？也许这些对他就已经足够了，也许他不需要再听下去就可以把我开除了。

"保罗……"他开口道，同时又把他的眼镜戴了回去，但他不看我，而是看着他那张纸上的一处，"我可以向你提一个私人问题吗，保罗？"

我没说话。

"你是不是有点厌烦了？"校长问，"我是指上课。你不要误会，我不是在责备你，但是或早或晚，我们所有人都会有这种感觉，我们再也没兴趣了，我们开始思考我们的工作的无谓。"

我耸了耸肩。"啊……"我说。

"我也经历过，在我还站在讲台上讲课时。那是种令人相当不悦的感觉，好像脚下被抽空了一样，一切的根基都被抢走了，所有的，人们信仰的事情。你现在是不是也有类似的感觉，保罗？你还信仰你的职业吗？”

“我一直是以学生为本的，”我据实回答道，“我一直都试着为他们把历史课讲得尽可能有趣。这点我主要是从自己的想法出发的。我从未试过用些陈词滥调、符合大众口味的历史故事来讨他们欢心，我是回想当年自己上中学时真正感兴趣的是什么。这就是我的出发点。”

校长微笑着向后靠了靠。他的椅子是那种可以往后靠的，我想。而我却必须在这儿坐得笔直。

“说起当时中学的历史课，我首先记得的是古埃及人、古希腊人和古罗马人，”我说，“亚历山大大帝，克娄巴特拉，尤里乌斯·恺撒，汉尼拔，特洛伊木马，战象翻越阿尔卑斯山的远征，海战，角斗士的战斗，赛车，轰动的杀人和自杀事件，维苏威火山的爆发。另一方面也还记得那些美——神庙、竞技场的美，还有露天剧院、壁画、澡堂、马赛克，一种永恒的美，关键是颜色，这也是我们今天度假仍然喜欢去地中海胜过曼彻斯特或不来梅的原因。可之后，基督教出现了，所有的一切都渐渐崩塌了。最后人们终于高兴了，所谓的蛮族把一切都打得粉碎。这一切我都还记得，仿佛就在昨天。我记得的还有，之后有一段时间什么都没有。如果人们观察仔细一点的话就会发现，中世纪是个令人作呕的落后的时期，除了几次血腥的围攻以外，就没有什么太多的事情发生了。然后是荷兰历史！八十年战争，我现在还能记得，我曾经希望西班牙人能打赢。在威廉·奥兰治被刺杀后，曾经短暂地闪过一丝微弱的希望之光，可是最终还是被这帮宗教狂热分子把胜利抬回了家，从此，荷兰和比利时陷入了一片黑暗。我印象最深的还有，我们的历史老师常年把二战当作一根肥香肠架在鼻子前。'在高中我要详细讲解第二次世界大战。'他说，可是当我们到了高中，他还是一直在讲威廉一世和比利时的分裂，从来没到过二战。几句关于战壕的话，算是让我们小尝滋味。只有一战，撇开当中的大屠杀不看，真的很无聊。这真没劲。事件太少了。后来我听说，历来都是如此，二战永远都不会讲到。过去的五百年里最有趣的一个时期，对荷兰亦是如此，因为自从罗马人得出结论，这片土地不是他们的菜之后，这里直到一九四〇年五月，本土就再没发生过什么值得注意的事。我是说，当国外的人说到荷兰的时候，他们可以说谁呢？说伦布朗，说凡·高，说画家。如此说来，唯一轰动世界的人物，就只有安妮·弗兰克了。"

校长又一次挪动他桌上的那张纸，并开始翻阅一个不知怎么我有点熟悉的东西，它放在一个文件夹里，是一个有透明封面的册子，学生们一般会用它来夹论文。

"……这名字能让你想起什么吗，保罗？"他问道。

他提起我班里的一个女学生的名字，在这里，我特别略去了这个名字。那时候我曾下决心忘记这个名字，而我也成功了。

我点点头。

"那你还记得你对她说了什么吗？"

"有点印象。"我说。

他合上文件夹，并把它放回桌上。

"你给了她一个五分，"他说，"当她问你为什么的时候，你回答——"

"给你五分完全合理，"我说，"那真的是一个相当马虎的论文。那样的水准在我这儿是得不到好分数的。"

校长微微笑了笑，但他的微笑很尴尬，像酸了的牛奶冻住了一样。"我得向你承认，从质量上来说，这篇论文也没有给我留下多深的印象，但是我们讨论的是别的事。是……"

"除了二战，我还讲了之后的一大段历史，"我又一次打断他，"朝鲜半岛，越南，科威特，近东和以色列，六日战争（第三次中东战争），赎罪日战争，巴勒斯坦人。所有这些，都是我讲过的素材。所以你真的不能就拿这样的一篇关于以色列的论文来交差：写的是那儿主要产甜橙，人们会穿着凉鞋围着篝火跳舞，到处都是欢快幸福的人，还有沙漠里重新开满了花这样的废话。我要说的是，那里每天都有人被枪射死，公交车被炸毁。而这里写的都是些什么乱七八糟的东西？"

"她号叫着跑来找我的，保罗。"

"如果我教了一群那样的垃圾，我也会号叫的。"

校长看着我。我察觉到了他眼神里的一些我以前从没见过的东西：是中性的，还是说不知所云更合适，大概就跟他的鱼骨西装一样不知所云。此时他又向后靠了靠，这回比先前还要往后。

他是在拉开距离，我想。不是距离，我马上纠正了自己：是离去。

"保罗，你就不能跟一个十五岁的小女孩说这些事。"他说。就连他的声音里，也潜入了一种中性的语气。他不想和我讨论了，他在通知我他的意见。我清楚地知道，如果我现在问他为什么不能说这些事，他一定会用"就是不能说"来回答。

很快，我想了一会儿那个女孩。她有张漂亮的但是太过晴朗的脸——没有理由的晴朗，一种欢快的但没有性征的喜悦，同样欢快与没有性征的还有她论文中一页半的关于摘甜橙的描写。

"这种事在足球场上侃侃倒是有可能的，"校长继续说，"但在学校里无论如何不行，无论如何在我们的学校里不行，作为老师就更不行了。"

我对那女孩到底说了什么，现在真的一点都不重要了，我很想马上先说这句话。但这只会扯开话题，补充不了什么。有时候，有些事，就这样从嘴里不经意地漏了出来，有些时候也许又会后悔。不，也许不该叫后悔，说得确切一点，听话的人这一辈子都会将你说的话刻在脑子里。

我想到她晴朗的脸。当我跟她说了那些话之后，她的脸碎了，像一只花瓶一样。或者更像一块玻璃，被太高的音频震碎了。

我注视着校长，感觉到我的手握成了拳头。慢慢地，我觉得够了，这个讨论我已经没有兴趣再进行下去了。那句话怎么说的来着……鸿沟不可逾越。事实就是如此，我们俩之间出现了一道鸿沟，有时对话会突然顿住。我盯着校长，脑子里想象着我对准他阴沉沉的脸挥上一拳的情景，紧挨鼻子下方，我的全副手指骨节，不偏不倚，正中他鼻孔和上嘴唇之间的空处。牙齿掉落下来，鼻血喷涌而出，我的想法变得一清二楚，但我也有我的怀疑：是否这样我们就能找到解决矛盾的方法了呢？我不能就停留在打一顿而已，我可以把他那不知所云的面孔也整个毁掉，即使它已经没法变得更丑了。像人们所说的那样，我在学校的职位是保不住了，尽管这是眼下我担心得最少的事。仔细研究一下，其实我的职位早就让我不堪忍受了。从我第一次踏进这个学校的大门时开始，就流传着这个职位让人不堪忍受的言论了。剩下的都只是缓刑。我在这儿，站在讲台前讲的那么多节课，全都是缓刑。

问题还在：我是不是该把校长打倒？该不该把他变成一个牺牲者、一个会赢得人们同情的人？我想到成群的学生会挤到窗边，观看他们的校长被救护车运走的情景。对，救护车会来，在那之前我不会停手。学生们一定会觉得很可惜。

"保罗？"校长一边说着一边在他的椅子上动来动去。他嗅到了点什么，嗅到了危险的气味。他在试图找到一个姿势，尽可能截住第一次的击打。

假如救护车没有急匆匆地把他带走会如何呢？我在想。没有开蓝色的灯？我深吸了一口气，然后慢慢呼出。我现在得赶紧决定，不然就太迟了。我可以把他打死，赤手空拳。这虽然是件相当令人恶心的事情，但是也不会比掏空某只野味的内脏恶心到哪里去。我改良一下，是掏空一只火鸡。他结婚了，我知道，还有几个比较大了的孩子。谁知道呢，也许我还帮了他们一个大忙。很可能他们也已经没法再忍受这张阴沉沉的脸了。葬礼的时候，他们还会展示一下哀痛，但在之后的有发面糕点的筵席上，轻松的心情很快就会占上风。

"保罗？"

我看着校长，微笑着。

"我可以问你一个私人问题吗？"他问，"我想，也许有点……我是说，呃，我就直接问了。你家里怎么样，保罗？一切都还好吗？"

家里。我继续微笑着，其间还真的想到了米歇尔。米歇尔快四岁了。故意杀人罪在荷兰会判个八到十年，我估计，这一点都不算多。表现好的话，比如在监狱的花园里除除草，很可能五年后就可以出来了。那时候米歇尔九岁。

"你妻子……卡拉好吗？"

克莱尔，我在心里纠正他，她叫克莱尔。

"很好。"我回答。

"孩子们呢？也都好吗？"

孩子们。这蠢货到现在都记不住！要记住每个人的所有事也不太可能。但是法语女教师和一个女朋友同居了，这人们记得住，因为比较突出嘛。可其余的呢？其余的不突出。他们有个丈夫或者老婆和孩子们，或者没有孩子，或者一个孩子。米歇尔现在骑后面带两个小轮子的儿童自行车。在那两个轮子被拆下来的时候，我在监狱里，就不能陪他一同经历了，只能听说了。

"很好，"我说，"有时候真的很惊讶，这一切都那么快，他们那么快就长大了。"

校长交叠起手指，双手放到桌上，完全没有意识到，他刚刚真是死里逃生。

为了米歇尔。为了米歇尔我才放过他的。

"保罗，我知道，你现在可能不想听，但是我必须要说。我觉得你去范·迪伦，我们的校心理专家那里，去约个时间，会对你有所帮助。还有，你这段时间暂时不用上课了，这样你可以好好休息一下。我想你需要这个，我们大家偶尔都会需要。"

我觉得自己出奇地平静，以及疲惫。不会有武力了。那像是掀起的一阵狂风，露台上的椅子被吹进来，窗外的遮帘被卷在一起，但更多就没有了。狂风过去了，不过同时也蛮可惜的。我们更愿意看到屋顶被掀掉，树木被连根拔起甩到空中，关于龙卷风、飓风和海啸的纪录片，透出让人平静的东西。当然，这很可怕，我们都学过，说这有多可怕。但是一个没有灾难和暴力——自然界的暴力和人的暴力——的世界真的会让人完全无法忍受。

这位校长马上就可完好无损地回家去，今晚他会与妻子和孩子们一同坐在桌旁。他这个不知所云的存在，会坐到那把平时都是空着的椅子上。没有人要去监护病房或灵堂，就因为一个简单的原因：刚刚这些就被这样决定了。

其实我一开始就知道了，从他问到我家里的情况开始。家里怎么样？这是他们要解雇你的另一种表达方式。大抵如同"好吃吗"，这句也一样不痛不痒。

见到我没有再争辩一句，就一口同意去看校心理医生，校长看上去还真是挺吃惊的，是开心地吃惊。不，我不会给他任何大吵大闹的机会，我会毫不反抗地顺从。我站起身，以此向他传递一个信息：这次谈话对我来说结束了。到了门边，我向他伸出手，他握了握，握了握那只本可以将他一生彻底颠覆的手。

"我很高兴，你如此……"他开口说，不过话没说完。

"请代我问候……你的妻子……"他说。

"克莱尔。"我说。

31

就这样，几天之后我去找了学校心理专家范·迪伦。回到家，我说了实话，我告诉克莱尔，接下来的一段时间得让我保持安静。我跟她说了心理专家通过家庭医生给我开的药，而且是在一个不到半小时的对话之后。

"哦，对了，"我对克莱尔说，"他建议我戴副太阳镜。"

"太阳镜？"

"他说，戴上太阳镜，可以帮我挡掉众多意欲侵入我的东西中的一部分。"

我只隐瞒了一小部分实情。我用隐瞒这一小部分的方式，避免让自己撒一个真正的大谎。

心理专家跟我提了一个名字，一个听上去像是德国人的名字。是一个神经病学家的姓，由他发现的病就是以他的名字命名的。"用一种疗法我可以对其稍加控制，"范·迪伦边说边严肃地看着我，"但是最初您必须把它当作神经性疾病来对待。用正确调配的药物，可以很好地掌控这种异常现象。"

之后他又问我，据我所知，有没有其他家族成员也有类似的病痛或症状。我想到我的父母，然后是祖父母，整个族系里的人都过了一遍——叔叔阿姨、堂表兄弟姐妹，还尝试不忘范·迪伦所说的话，即这种病的症候群经常是几乎感觉不到的：大部分人表现都还算正常，最多会有些许迟钝，他说。在比较大的场合，他们经常是要么说大话，要么干脆什么都不说。

最终我摇摇头。我想不起任何人。"您问到我的家庭成员，"我说，"是不是意味着，这种病是可遗传的？"

"有时候会，有时候不会，我们总要看看病人的家族史。您有孩子吗？"

这个问题，经过它完整的有效距离传到我这儿来，持续了一点时间。在此之前，我还在想遗传物质的问题，这个比我的出生还要先一步的物质。现在我才想到米歇尔。

"罗曼先生？"

"等一会儿。"

我想到我那快四岁的儿子，想到他房间里地板上到处都是的小汽车。我这辈子第一次想，他是怎么玩这些车子的。下一秒我问自己，我现在是不是都是站在患病的角度去看待他的每一个行为的？

在幼儿园里呢？幼儿园里的人从没发现什么吗？我绞尽脑汁地想，有没有人也许曾经说过什么，一个匆忙的评语，说米歇尔跟其他孩子有些不太一样，或者说他在其他方面的行为会有所偏离——可是我什么也想不起来。

"您有没有孩子还得考虑吗？"心理专家微笑着问。

"不，"我说，"只是……"

"您也许在考虑，要不要再生几个吧。"

直到今天我还能清楚地记得，我回答他的时候，甚至连睫毛都没眨一下。

"是的，"我说，"像我这样的情况你会劝阻我吗？"

范·迪伦向前倾了倾身子，双手交叉托着下巴，肘部撑着桌子。"不。也就是说：当今这一类的异常现象在出生之前，就可以通过一个羊水测试测出来。当然，您必须事先清楚地了解，它们在里面干什么。终止妊娠不是个容易的决定。"

这时，所有可能发生的事情都闪现在我脑子里。一个接一个来，我警告自己，一个接着另一个，慢慢来。在回答心理专家关于我们是否还想要孩子的问题时，我没有撒谎，据实说了是。最多就隐瞒了我们已经有一个了的事实。生产的过程真是恐怖至极，在米歇尔出生后的头几年，克莱尔甚至不愿意听到任何有关再次怀孕的话，但是最近一段时间，我们确实偶尔又提到这个话题。我们俩都很清楚，必须快点做决定，不然的话米歇尔和他的弟弟或者妹妹之间的年龄差距就太大了——如果说现在的差距还不算太大的话。

"有没有一种测试，可以测出一个病人的孩子有没有患病？"我问。我注意到自己的嘴唇比几分钟之前更干了，我得用舌尖湿润它，才能继续正常说话。

"嗯，也许我得纠正一下。虽然我刚才说过，这个病在孩子还在羊水里的时候就能诊断出来，但是也不完全如此。最多有可能倒过来：通过测试羊水，我们可以指出有些地方不对劲，但是具体什么不对劲，还要通过进一步的测试才能明确。"

我明白了，在那期间就已经成病了。一开始走上了岔路，然后就是受苦和症候群，最终到达疾病。

"而这就已经足够构成堕胎的理由了，"我问他，"就算没有进一步的测试？"

"这个问题得这样看：比如唐氏综合征或者所谓的脊柱裂，羊水里是有明显的征兆的。在这些情况下我们会建议终止妊娠。而这里谈的这种病，我们更多的还是在半明半暗之间徘徊。但是我们总还是要警告家长们。实际当中大部分人会选择不冒这个风险。"

范·迪伦已经逐渐转到用"我们"了，好像他代表整个医学家群体似的。可他只是一个简单的心理专家，还是个学校心理专家，已经没法再低下去了。

克莱尔是不是做过羊水测试？如果我连这都不知道，真是够气人的。几乎所有的地方我都陪着一起去了：第一次照超声波，第一堂孕期体操课——虽然只是去了第一堂课，幸运的是，克莱尔比我还觉得那件事好笑，连男人也要跟着一起练习喘息——还有第一次参观助产实践，也是最后一次。"我不会让助产士靠近我！"她说。

不过克莱尔也有几次是单独去的医院。她说，她觉得要我牺牲半天的工作时间陪她去医院，去妇科医生那里做常规检查，简直就是扯淡。

我差点就要问范·迪伦，是不是每个怀孕的妇女都要做一个羊水测试，还是只有特定的有这种风险的人群才做，但是很快我就把这问题咽了回去。

"三四十年前就已经有羊水测试了吗？"我问道。

心理专家考虑了稍许，然后回答说："我想没有。不，您说的那时候没有。其实我百分之百肯定，那时候还没有这种测试，没有。"

我们对视，在那一刻我知道，范·迪伦想的东西跟我一样。

但是他没有说出来。很可能他不敢说，因此我就说了。

"嗯，那是不是说，我今天能坐在这里，坐在你面前，其实还得感谢那时候的科学还没有发展到如此地步？"我说。"我是说我的存在。"我补充道。虽然这是个多余的补充，但是我就是有兴趣听到它从我的嘴里大声说出来。

范·迪伦慢慢地点点头，嘴唇扬起了被逗乐的微笑。

"如果您这样认为的话，"他说，"如果那时候就已经有这种测试的话，那么你的父母选择不冒这个风险，也许并不是完全不可能。"

32

　　我服了药。开始那几天没什么反应，附的说明书上也是这样写的，几周后才会显示出效果，可我还是注意到了，克莱尔在过了头几天之后，就开始用异样的眼光看我了。

　　"你感觉如何？"她一天问我好几次。我总是回答："挺好。"这不是在说谎，我是真的感觉很好。我很享受这种改变，尤其是再也不用每天站在讲台前了：那么多颗脑袋望着我，一整节课，然后下一节课又来一批新的，周而复始，一节接一节。没有站过讲台的人是不会明白的。

　　过了还不到一周，比事先说的提前了，那些药渐渐开始起作用了。我没料到会这样。我害怕过，最怕的就是这药会产生我自己察觉不到的效果——改变人个性的效果。这就是我最大的担忧：我的个性会遭到侵犯。虽然对我周围最亲密的人来说，也许我会变得让他们更容易忍受一些，但是不知在何处，在路上我就会迷失自己。我读过药品说明书，里面坦白地提过一些令人相当不舒服的副作用。如果只是"恶心""皮肤干裂"和"胃口下降"，或许人们还能活下去，可里面还提到了"焦虑不安""呼吸急促"和"记忆力衰退"。"这真是好多记重锤啊，"我对克莱尔说，"我会服药，因为我别无选择。但是你得向我保证，如果发现情况不对，你得立刻提醒我。比如，如果我变得健忘或者行为古怪，你得跟我说，然后我就即刻停药。"

可我的担忧似乎并没有道理。那是一个周日的下午，在我服完第一批剂量的药之后大约五天，我躺在客厅的沙发上，腿上放着内容特别丰厚的周六报纸特刊。透过玻璃拉门我向花园里看，刚好开始下雨。本来是那么蔚蓝的一片天，还有白云，现在竟然刮起大风来。我得在这儿补充一下，我的家，我的客厅，还有最主要的是我在这座房子、这间客厅里存在的事实，在过去几个月里经常使我感到恐惧。这种恐惧，与许多其他人在这屋子里存在，以及我在可与此相比的其他房子和客厅里的存在，有直接的关系。尤其是当晚上夜幕降临时，当每个人——说得通俗点——都"在家"时，这种恐惧很快就会占上风。躺在沙发上，我的视线可以穿过灌木丛和树枝，辨认出街对面闪着灯火的窗户，不过很少看得清那儿是否真的有人，但是亮灯的窗户暴露了他们的存在——正如我家亮着的窗户暴露了我的存在一样。请不要误解，我不是害怕人本身，不是怕人这个物种，置身于人群中时，我并不会感到低落和压抑。我也不是那种在舞会上与世隔绝、谁都不愿与其交谈的怪物，反正无论有没有人跟他说话，他的肢体语言都一样没有变化。不，不是这些，是别的。跟人们在他们的客厅里的有限的存在有关，在他们的房子里、小区里，在他们的包括街道在内的区域里，这里的一条街机械地通向另一条街，一个广场跨过一条街机械地与另一个广场相连，诸如此类。我有时候晚上就这样躺在我们的客厅的沙发上，想着这样的一些事。然后会自己告诫自己，不该想这些事，尤其不要想得太远了，但是从未成功过。我还是一直想这些事，直到尽头，直到最终的结局。到处都有这样的人，我想，在同一时刻也躺在相似的客厅里的沙发上。马上他们就上床了，来去翻滚几下，或者对自己说点好听的。或者他们固执地沉默，因为刚刚吵完架，两个人谁也不想先服软认输。然后灯灭了。我想到时间，逝去的时间，为了更精确地了解，一个小时究竟能有多么无穷无尽、无边无际，多久、多黑、多空。这样想的人，只有光年才能把他吓倒。我想到广大的人群。不是人口过多，或者污染，或者未来还有没有足够的食物供给所有人等方面，而是仅仅想到人群本身，现在到底是三百万还是六十亿？有没有什么特定的意义？一想到这里，心里就立刻有一种不适感蔓延开来。我想，这个世界上的人并不一定是太多，而只是很多。我想到我班级里的学生。他们个个都处在“被迫”中：一旦被生到这个世上，他们就必须继续前行，就必须走完这一生，而在这个过程中，连一个小时都有可能让人难以忍受。他们必须找工作、结婚、生子，他们的孩子也得在学校里上历史课，即使不是由我教。站在某种角度来看，只能看到人类的存在，而无法再辨认出个体。是这，让我感到压抑。撇开我腿上一直没被阅读的报纸不说，从我的外部来看，别人不一定能察觉。“你想来杯啤酒吗？”克莱尔问道，手上拿着一杯红葡萄酒走进客厅。我现在得说“嗯，好的”，并且不能让我的声音听起来太怪异。我很怕自己的声音听起来会像刚刚醒来还没开口的人一样，或者就是像一个古怪声音，不是我的，一个吓人的声音。克莱尔就会扬起眉毛问：“有事吗？”而我当然会否认，会摇头，可是会因为摇得太猛而恰恰把我自己给出卖，并且还用古怪的、吓人的、与我本来的声音大相径庭的唧唧的尖声回答："不，没事。会有什么事呢？"

然后呢？然后克莱尔就会走过来，坐到沙发上，用手拉起我的手，很可能还会用一只手抚上我的额头，像看看一个孩子是否发烧似的。这就来了。我知道，通向正常的大门完全敞开着。克莱尔会再问一遍是不是真的没事，而我就会再次摇摇头，不过不会太猛。开始她还会有点担心，不过很快就会没事了：毕竟我的反应确实正常，我的声音不再尖锐，对她的问题也能轻松对答。不，我只是自己在胡思乱想。想什么？我已经不知道了。嘿，你知道你坐在这儿，报纸放在腿上，已经有多久了吗？一个半，也许两个小时了！我一直在想花园的事，也许在我们的花园里建一个小房子会是个不错的主意。保罗……嗯？人们不会光想花园想一个半小时。是的，当然不会，我是说，也许我在前一刻钟里想的是我们的花园。但是在那之前呢？

在这个周日的下午，在我和校心理专家的谈话后一周的下午，我第一次看向花园，什么别的事都不想。我听到克莱尔在厨房里忙，嘴里还跟着广播哼着个旋律，是一首我不知道的歌，但是里面不停地重复出现"还有我的小花朵"。

"你笑什么？"不一会儿，她一手拿着一个杯子走进客厅，问道。

"就笑笑。"我说。

"这是什么意思，就笑笑。你真得看看自己的样子，呆呆直视的样子，好像刚刚皈依的薄伽梵，近乎极乐的状态。"

我看着她，感到一种惬意的温暖，像盖着鸭绒被一样。"我刚刚在想……"我刚准备开始，忽然又想到了别的事上。我本想说再要一个孩子之事。在过去几个月里，我们都没有提起这个话题。我想到年龄差的问题，最好是不要超过五岁。这也就是说，要么现在，要么就彻底不要了。可是尽管如此，在我内心深处还有一个声音在说，现在这时候不合适，也许再过几天，就是不要在这个周日的下午，在药效刚刚开始发挥出来的时候。

"我刚刚在想，在我们的花园里再建一个小房子应该不赖吧。"我说。

33

事后回想，那个周日是个制高点。那种全新的、让人愉快的体验——可以不用总是沉湎于古怪反常的思绪而生活下去的体验，很快就黯淡了下来。生活变得更加千篇一律，模糊不清，好像在一个舞会上看到所有其他人交谈、比画，自己却一个字都听不懂。不再有起起伏伏，有些东西消失了。确有听说，有些人渐渐丧失了嗅觉和味觉，对这些人来说，一盘美味的饭菜也变得毫无意义。类似的是，有时生活对我而言，就像一顿刚端上来的热气腾腾的饭菜慢慢变凉了。我知道，我必须吃东西，否则我就会死，但是我已经没有任何胃口了。

几周之后，我最后一次尝试再次赢回第一个周日下午的亢奋。米歇尔刚刚睡着。克莱尔和我一起躺在沙发上，看一个关于美国死囚的电视节目。我们的沙发又宽又深，如果把枕头挪开，再调整好卧姿，是可以同时容下我们俩的。我们并排躺着，所以我不需要看着她。

"我想过了，"我说，"如果我们现在再要一个孩子的话，等他出生时，米歇尔就是五岁。"

"我最近也想过这个问题，"克莱尔说，"这个主意真的不怎么样。我们应该对已经拥有的感到满足。"

　　我感觉到妻子的体温；我环绕在她肩上的手臂，也许极为短暂地抽搐了一下，想到了我和校心理专家的对话。

　　你究竟有没有做过羊水测试？

　　我可以就这样附带地问一句。不利的只有我在问她的时候不能看着她的眼睛。这是个不利的地方，但也是有利的地方。

　　然后我又想到我们的幸福，我们的幸福之家，必须满足于所拥有的一切的幸福之家。

　　"我们周末要不要去哪里？"我问，"租个小房子度度假什么的，就我们三个？"

34

　　再后来呢？ 后来克莱尔病了。克莱尔，这个从不生病的人，最多有几天着了凉，不过还是到处乱跑，还从来没有因为流感卧过一天床的人，住院了，住了一天又一天。我们对住院没能做好准备，或者可以这样说，我们没能做好防护措施。早上的时候，她觉得——按她自己的说法——有点虚弱无力，但她还是出了门，告别的时候还吻了一下我的嘴，然后就骑上了自行车。中午我再见到她时，她的手臂上已经插了几根输液管，床头是一个哔哔叫的仪器。她试着向我微笑，但是显然很费力。外科医生在走廊里向我示意，让我出去，他想跟我单独谈一谈。

　　我现在不会说克莱尔到底怎么了，我觉得这是私事。一个人生了什么病，与别人无关。不管怎么说，要不要说是她的事，不是我的。我最多只能说，这不是有生命危险的病，不过刚开始的时候，我也完全不清楚究竟是什么。这个词被打来电话的朋友、家人、相识以及同事多次挂在嘴边。"有生命危险吗？"他们打探着，声音有些迷离，不过想要得到轰动答案的心理却表露无遗——如果有机会与死亡近距离接触，而当事人又非自己……他们是不会让这样的机会溜走的。让我印象尤其深刻的是，我多想能给他们肯定的回答："是的，有生命危险。"因为我很好奇，电话另一头会出现怎样的无声。

虽不想在此过多地谈论克莱尔生病的细节，但还是简短地说一下外科医生在以严肃的表情通知我下一次手术之后对我说的话。"是的，这不是个小问题，"在他赐给我一段间歇，让我笑话这个最新的消息之后，他说道，"一夜之间，整个生命机体就发生了巨大的变化，但是我们会尽力的。"后一句，他用了一种几乎是明快的语气，一种与他的表情完全不相称的明快的语气。

再后来呢？后来一切越来越坏。或者说：一切可能朝着坏的方向发展的，都真的朝坏的方向发展了。手术一个接一个，克莱尔床边的仪器越来越多，橡皮管从她的身体接出来，另一端又消失回身体里。这都是让她维持生命的仪器和橡皮管，而第一天的那个外科医生到最后也放弃了他明快的声音。他还是一直说，他们会尽全力，但在此期间，克莱尔已经瘦了二十公斤，而且没有别人的帮助已经无法在床垫上欠起身来。

我很高兴，米歇尔没有看到她这个样子。一开始，我还鼓励他跟我一起去医院探视，但是他好像没听到我说的话一样。在之前所说的那天，在他妈妈早上离开家、晚上就没有再回来的那一天，我还特别营造出不同寻常的喜庆的氛围，好像去别人家拜访并且过夜，或是像幼儿园组织的郊游。我们一起去那家都是平民的小酒馆吃了饭，那时候排骨配薯条就已经是他的最爱了。就在一切都进行得很好的时候，我告诉了他发生的事。我给他解释，同时又顾左右而言他。有些事被我掩饰了，尤其是我的担心害怕。饭后我们租了张影碟，允许他比以往晚睡，即使第二天他还得上幼儿园。"妈妈还会回来吗？"当我给他晚安吻时他问我。"我把门开一条缝，"我回答说，"我再看一会儿电视，这样你还可以听到我的声音。"

第一天晚上，我没有打电话给任何人，是克莱尔请求我这样做的。"别慌，"她说，"也许一切都没那么糟，几天之后我就回来了。"那是在我已经跟外科医生在医院的走廊里谈过之后。"好，"我说，"不慌。"

第二天下午，幼儿园放学之后，米歇尔没有再问起他的妈妈。他要我把他自行车后的两个小轮子拆下来，在几次摇摇晃晃的尝试之后，他最终在公园的矮树篱前停了下来。"你确定吗？"我问。那是一个晴好的五月天。他从那儿骑到下一个街口，然后又骑回来，没有一次失去平衡。经过我身边时，他放开车把手，双臂伸向空中。

"他们明天就要给我动手术了，"那天晚上克莱尔说，"但是他们究竟要做点什么呢？他们有没有跟你说过什么没跟我说的内容？"

"你知道吗？米歇尔今天要我帮他拆了自行车后的小轮。"我问她。

克莱尔闭了一会儿眼，她的头深深陷入枕头，似乎更难受了。"他怎么样？"她轻声问道，"有没有很惦记我？"

"他很想来看你，"我说着谎，"但我觉得再等等比较好。"

在这里，我就不说克莱尔住的是哪家医院了，总之离我们家不远，我可以骑车去，天气不好的时候就开车，十分钟之内就能到。在我去探望克莱尔的这段时间里，米歇尔就待在一个也有孩子的女邻居家。有时我们的保姆也会来，一个十五岁的小姑娘，住在与我们相隔几条街的地方。对于医院究竟哪里失败的细节，我没兴趣一一悉数，我只想劝告那些爱惜生命的人——自己的或家人的生命——坚决不要去那里诊治。这同时也是我的两难境地：克莱尔住哪家医院与其他任何人无关，但同时我又想警告所有人，哪怕仅仅是靠近都不要靠近那家医院。

"你还能行吗？"一天下午，克莱尔轻声对我说。我想，那是在第二或第三次手术之后吧。她的声音听上去是如此虚弱，以至于我必须把耳朵几乎贴在她的嘴唇上，才能听见她说的话。"你需要帮助吗？"

当她说到"帮助"一词时，我左眼的肌肉或是一根神经开始跳动。不，我不要帮助，我做得很好，或者说，我自己都很惊讶，我竟然能把一切做得如此之好。米歇尔准时去上幼儿园，而且刷了牙，穿着干净的衣服，马马虎虎算是干净的衣服。对待他裤子上的污渍，我比克莱尔要镇静些，可我毕竟是他的父亲。我从没试过给他"又当爹又当妈"，像有一天下午在一个脱口秀节目里听到的一位穿着自己织的毛衣的单亲父亲说的那样。我有很多事情做，是正面的意思。我最不缺的就是也许是出于好意帮我分担一些的人，好让我有更多时间去做别的事情。我根本不想要更多的时间去做别的事情，相反，对于每一分钟都能如此充实，我甚至很感激。有时晚上我把米歇尔弄上床、吻过他之后，我就拿瓶啤酒窝在厨房里，洗碗机嗡嗡地奔腾着，报纸没看过，摆在我面前，然后我突然感到自己是多么伟大。我也不知道该怎样用别的话来形容：最主要是一种轻飘飘的感觉，非常轻。如果这时有人对我吹一口气，我毫无疑问会向上飘起来，一直飘到天花板，像枕头里飘出来的一片绒毛。对，就是这样：失重的感觉。我有意地避开"幸福"还有"满意"之类的词。我听说，有些父母在长久的让人筋疲力尽的一天之后，会有种强烈的需求，想要有"片刻留给自己"，而这个有魔力的片刻，在孩子们终于上床睡觉了之后才会来到，不会早一分一秒。我一直觉得这很奇怪，我的魔力时刻是米歇尔从幼儿园回来、所有的一切都很正常的时候。连我问他想在黄油面包上涂什么的声音，听起来也特别正常。家里什么都有，上午我完成了采购，我也很在意自己，离开家之前，我都会看一眼镜子：我很注意让自己穿得干净整齐，注意剃胡须，注意不让头发像某些不照镜子的人一样。超市里的人不会发现我身上有什么异常，我看上去不是离了婚的、浑身酒臭味、搞不定家务活的父亲。我还清楚地记得当时不断浮现在我脑海里的事情：我要保持一切正常的样子，要让米歇尔尽可能觉得，妈妈不在的日子，一切一如往常。每天有一顿热饭，这是最主要的。同时，在我们这个暂时的单亲家庭里，也不能有太多明显的变化。一般我不会天天刮胡子，我不介意有几天带着胡楂跑来跑去，连克莱尔也不介意，但是在这特殊的几周里，我每天都刮，因为我觉得，我的儿子有权拥有一个剃了胡子的、闻起来很清新的父亲和他同坐桌边。无论如何，一个闻起来很清新的父亲，不会让他产生错误的想法，不会让他对我们这个单亲家庭的暂时性产生怀疑。不，表面上没有什么需要我去察觉的，我一直都还是这个家庭三位一体的固定组成部分之一，不过另一体正（暂时地！暂时地！暂时地！）躺在医院里。我是一架有三个引擎的客机的机长，其中一个引擎熄火了，没有理由惊慌，还不到紧急迫降的时候，机长有过上千小时的飞行经验，他会让飞机安全着陆的。

35

一天晚上，赛吉和芭比顺道来探访。第二天克莱尔又要动手术。我还清楚地记得当天晚上我做了通心粉，蒸煮通心粉，老实说，这是唯一一道我掌握了全部烹调工序的菜。和平民小酒馆里的排骨配薯条一样，都算是米歇尔最喜欢的菜，因此在克莱尔住院期间，我每天都做这道菜。

我正要把通心粉分到我们的盘子里，门铃响了。赛吉和芭比没有先问一下他们是否可以进来，就已经立在客厅里了，在我还来得及请他们进来之前。我看到芭比是如何先打量客厅然后是整间屋子的。在那些日子里，我们没有像往常一样在厨房用餐，我把餐桌摆在了客厅、电视机前。芭比察看了一下餐垫和餐具，然后看向电视，它开着，因为几分钟之后，体育新闻就要开始了。然后她又看着我，用一种特别的眼神，我不知道该怎样去形容。

这个特别的眼神逼得我要采取自卫措施。我结结巴巴地说着我和米歇尔一同用餐时的喜庆氛围，因为在某些事情上我严重偏离了我们以往的习惯。最重要的是，没有任何一处显出衰落的痕迹，怎么说也不需要把家务完全拷贝成克莱尔平时拾掇的样子吧。我想，甚至芭比的嘴里还会冒出"男人做的家务"和"假期的感觉"这样的话。

说实在的，我真是低能，事后还直拍脑门，毕竟我又没有义务向任何人解释。而其间芭比已经上了楼，到了米歇尔的房门前。米歇尔坐在那里，被玩具包围着。他正在摆放一百块多米诺骨牌，模仿世界多米诺骨牌日。当他看到他伯母的时候，立刻跳了起来，冲进她张开的怀抱。

在我看来，他有点太兴奋了。虽然他喜欢看到他的伯母，但是他双臂环抱着她的大腿、好像再也不愿松开的样子，让人觉得他似乎在怀念屋子里有个女人的感觉。有个妈妈。芭比搂搂他，捋捋他的头发，同时环顾着房间，我也跟着环顾。

房间的地板并没有完全被多米诺骨牌占用，到处都躺着玩具，其实更确切地说是飞舞着玩具，几乎没有可以让人立足的空地。说得轻一点，米歇尔的房间放射出一幅混乱的画面。现在我自己也发现了这一点，在跟着芭比环顾了房间之后。当然是因为到处飞舞的玩具，但又不单单是如此。两把椅子、沙发和米歇尔的床上都堆满了衣服，有干净的，也有脏的，书桌上和（没铺的）床边的椅子上，是盛着面包碎屑的盘子和喝了一半的牛奶和汽水杯。最扎眼的要数那苹果核，不是在盘子里，而是在一件背后印着克鲁伊维特的名字的阿贾克斯队队服上。像所有的苹果核一样，这颗苹果核在被弃于空气中并见光五分钟之后，也已变成了深棕色。我记得中午帮米歇尔端过一只苹果和一杯汽水，但是从这只苹果核的外表看不出它是几个小时前才躺在那儿的，跟其他苹果核比起来，它更像是几天前就已经在那件队服上独自腐烂了。

此外，我还记得早上跟米歇尔说过，我们今晚得一起打扫他的房间。不过出于各种原因，或者更好地说，基于以后还有大把时间来打扫房间这种让人放心的想法，之前的计划最终没有成行。

当芭比还抱着我的儿子，一只手爱抚着他的背时，我看看她，又一次看到了她眼睛里那种特别的眼神。我本来就要打扫的！我多想对着她大叫，如果你是明天来的话，都可以坐在这间房的地板上用餐了。但是我没有这样做，只是看着她，耸了耸肩膀。这儿虽然有点像猪圈，我的肩膀对她说，可是谁在乎呢？眼下有比收不收拾房间更重要的事。

又是这种必须做出解释的感觉！我没有兴趣，根本就没有理由要这样做！他们不过是意外到访的。我在想，让我们以其人之道还治其人之身，想象一下，如果我不打招呼就突然按下我哥哥嫂嫂的门铃会怎样？那时说不定芭比正在忙着剃她腿上的毛，或者赛吉刚刚剪完脚指甲，然后人们刚好可以看到一些本来是私密的事，一般不是给外人的眼睛预留的事。我就不该让他们进屋，现在我又在想。我该说现在不巧、不是时候的。

在下楼的途中，在芭比向米歇尔许诺，等他摆好了骨牌会再上来看它们怎么倒下之后，在我说饭菜马上就好可以开饭了之后，我们从楼上走下来，途中还经过了浴室以及我与克莱尔的卧室。我看到芭比是怎样匆匆瞥了一眼卧室的，她并没有努力掩饰这一瞥，尤其是瞥向满得溢出来了的脏衣篓，以及堆满了报纸的没有铺的床。这回她没再看我——而这也许比那特别的眼神更加伤人，更具侮辱性。我清清楚楚地对米歇尔说，我们马上就要吃饭了，仅仅对米歇尔说，因为我不想引起任何误会，而是要明明白白地告诉大家，我的兄嫂没有受到邀请，他们来得不是时候，而现在到他们该消失的时候了。

楼下客厅里，赛吉两手插在裤子口袋里，站在电视机前。比其他的一切——那些粗鲁无礼，如我哥哥站在那里的那副样子，手插裤袋，两腿分开，好像这不是我的客厅，而是他的一样，又如我嫂嫂看米歇尔房间、看我们的卧室、看脏衣篓时的特别眼神——更有分量的是体育新闻里的画面：一小队足球运动员，在太阳暴晒的球场上完成了一轮训练。这是在告诉我，我今晚的计划安排正在慢慢被毁掉，不，是已经被毁掉了。我和米歇尔在电视机前的夜晚，腿上摆着通心粉，一个普通的夜晚，虽然没有他的妈妈、我的妻子，也仍旧是一个喜庆的夜晚。

"赛吉……"芭比走向我的哥哥，伸出一只手搭在他肩上。

"嗯。"赛吉应道，他转过身来看着我，手仍旧插在裤袋里。"保罗……"他正欲开口，却又止住了，向他妻子投去了一个无助的眼神。

芭比长叹了一口气，然后过来抓着我的手，把我的手握在她有着美丽、优雅的长手指的手里，眼里的特别眼神消失了，换成了友好而又果断的眼神，似乎现在我已不再是这满屋子狼藉的始作俑者，而是我本身就是个堆满脏衣服的篓子，又或是张没铺的床。一个里面的东西她会一股脑儿全扔进洗衣机的篓子，一张她反掌之间就能整成前所未有的样子的床——一张酒店总统套房里的床。

"保罗，"她说，"我们知道你的日子有多不容易。你和米歇尔两个人，克莱尔躺在医院里。我们当然希望出现最好的情况，不过现在还难以预见这种现状还要持续多久。因此我们想了一个对你、对米歇尔都好的办法，让他到我们那儿去住一阵。"

我感觉到一种燃烧起来的愤怒，一股寒冷如冰的恐慌。也许如往常一样，这些都清楚地写在了我的脸上，因为芭比温柔地握了握我的手，说道："冷静点，保罗。我们就是来帮助你的。"

"没错。"赛吉说。他向前走了一步，有那么一阵我以为他是要握紧我的另一只手或是把一只手搭在我肩上，不过幸好他没动。

"光是照顾克莱尔就有你忙的了，"芭比微笑着说，还用一只手指蹭蹭我的手背，"如果米歇尔在我们那儿住一阵，你就可以更好地做自己的事情。而米歇尔也不用卷入这整件事中。他是好样的。孩子可能不会大声说出来，但是他绝对能感受到一切。"

我深吸了几口气，现在特别重要的一点是，我的声音已经听不出颤抖了。

"我真的很想请你们一同用餐，"我说，"可惜做得不够多。"

芭比在我手背上蹭来蹭去的手指停了下来，微笑还挂在她脸上，不过似乎已经和她心底的感觉分崩离析了——假如有这种感觉的话。"我们根本没想留下来吃饭，保罗，"她说，"我们只是想，明天克莱尔就要动手术了，今晚就把米歇尔接到我们那儿去，这对他也最好……"

"我正准备和我儿子一起坐下吃饭呢，"我回答说，"你们来得真不是时候，所以我现在只得请你们离开了。"

"保罗……"芭比捏着我的手，脸上的微笑终于消失了，变成了用祈求的目光看着我，一种特别不适合她的表情。

"保罗，"我哥哥也开口了，"你会明白现在这种状况绝对不适合一个四岁的孩子。"

我猛地把手从芭比的指头里抽出，问道："你说什么？"我的声音听上去很冷静，没有颤抖——也许可以更准确地说：太冷静了。

"保罗！"芭比用警告的语气叫道，也许她看到了些我没看到的东西，也许她害怕我会对赛吉做些什么，但这种娱乐我是不会赏赐给赛吉的。冰冷的恐慌在燃烧的愤怒面前退却了，现在在真想一拳锤向那张高贵的、严重干涉直至决定我和我儿子命运的嘴脸，而这是我无法再很好地控制我的情绪的一个决定性证明。一个无法很好控制情绪的人，是不适合暂时的单亲家庭生活的。一分钟之内我已经听到——几次？——五次我的名字了。经验告诉我，如果人们频繁地叫一个人的名字，那他们一定是想让他干些什么，一般都是对方不愿意的事。"赛吉只是想，现在这一切对你来说可能有些太多了，保罗。"——第六次——"没有人比我们更清楚你这段时间多么费劲，为了使一切尽可能显得正常，为了米歇尔。可是这一切都不正常。周围的环境不正常。你又要陪克莱尔，又要陪你的儿子，人们不能指望有人能在这种情况下还能把家务料理得井井有条。"她抬起手臂、手和手指，做了一个扑打的姿势，指向楼上，指向到处飞舞的玩具、脏衣篓和堆着报纸的没铺的床，"对米歇尔而言，现在最重要的就是他还有父亲在。他的母亲已经病了，不能再让他有他父亲已经无法应对这一切的感觉。"

我想说，我本打算马上就收拾的。假如你们再晚一个小时来的话……可我没说出来。我不需要置自己于防卫的境地，在适当的时候我和米歇尔就会打扫的。

"我真的要再次请你们离开了。"我说。"米歇尔和我一刻钟以前已经要用餐了，在这种事情上，我很看重规律性，尤其在这种状况下。"
我补充道。

芭比又叹了口气。有那么一会儿，我以为她又要叫"保罗……"，
可是她先看看我，然后看看赛吉，接着又看看我。电视机里响起了体育
新闻播放完毕的音乐，突然间，一股忧伤的感觉向我袭来。我的兄嫂不
合时宜地闯来，就为了对我的家务评头论足，而现在还造就了一个无法
补救的遗憾。这听上去有些愚蠢，甚至也许是荒谬的，但就是我和我儿
子今晚看不成体育新闻了这一简单的事实，让我的眼泪几乎要在眼眶里
翻滚起来。我想到躺在医院里的克莱尔，几天前她终于幸运地住进了单
人间，之前她跟一个不停地放隆隆的响屁的发臭的老女人同住一间房。
我去探望她时，从头到尾我们都尽量装得听不到，可没过几天，克莱尔
的鼻子实在是受够了，每个屁后，她都会像表演一般，用她的除臭喷
雾到处喷一通，简直是又好气又好笑。不过，在探访之后我碰到一个护
士，于是便请求她尽快给安排一个单人间。这个房间的视线对着医院的
侧翼，当夜幕降临华灯初上时，可以从这里看到住在侧翼的病人躺在床
上，或是在床垫上坐起来吃顿热饭的样子。我们说好了，今天晚上，她
的手术前夜，我不去看她，而是留在家里陪米歇尔，尽可能保持一切正
常。可现在我想到了克莱尔，我的妻子一个人在病房里，想到降临的夜
幕和从她的房间可以看到的亮着灯的窗户和窗户里面的病人们。我问自
己，我们的决定是否真的正确？也许我该把保姆叫来，让我可以在这个
晚上，恰恰在今晚，陪在我妻子身边。

我打算马上就给她打电话，马上，等赛吉和芭比走了、米歇尔上床

了之后。对，他们现在真该消失了，这样米歇尔和我才能最终开始我们的晚餐，开始我们左右都已经被糟蹋掉了的晚餐。

又一个完全不同的念头闪过我的脑子，一个噩梦般的念头，会让人夜里浑身大汗淋漓地惊醒，被子掉在地上，床垫被自己的汗浸湿，心脏扑通扑通直跳——不过灯光照进卧室，不是真的发生了什么事，而只是一个梦。

"你们今天去看过克莱尔吗？"我打听着——选了一种友好的、随意的、明快的语调，因为我想避免所有可能让他们看穿的机会，看穿我实际状况有多么糟糕。

赛吉和芭比盯着我，他们的表情透露出，他们被我的问题惊到了。这没什么好多说的，也许因为我的话题转换得太快让他们吃了一惊，刚才我还一直叫他们走。

"没有，"芭比回答，"我是说……"她看了我哥哥一眼，想寻找一些支持，"我还和她打过电话，今天下午。"

真的发生了，不可想象的事真的发生了。这不是梦。把米歇尔从这儿接走的主意是从我自己的妻子那儿来的。今天下午她和芭比通过电话，然后这个主意就横空出世了。也许不是她想出来的，也许是芭比先开的头，而克莱尔因为自己的身体状况变得虚弱无力，想让这种逼迫早点结束，所以宣告同意了，没有先跟我商量一下。

我在想，我的处境是不是比我自己估计的还要糟糕？在赛吉和芭比按响门铃之前，我就该把米歇尔的房间收拾好的，该把脏衣篓清理干净、让洗衣机运转起来的，还有床上的报纸该收进塑料袋里，而塑料袋该放到大门口的走廊里，让人看起来好像我打算把它送到收旧纸的垃圾桶里的。可现在一切都晚了。我想，也许横竖都会太晚的。赛吉和芭比来这儿之前就已经串通好了，即使我和米歇尔是穿着三件套西装、打着领带、坐在用锦缎铺好的桌子前用银制餐具用晚餐，他们也会想出别的借口，把我的儿子从我这儿带走。

那你们今天下午有没有讨论关于米歇尔的事？我没提这个问题，我让它所谓地悬在空中。用此时出现的沉默来给芭比机会，弥补她自己的回答中的漏洞。

"为什么米歇尔从不跟着去医院呢？"芭比问道。

"什么？"我说。

"为什么米歇尔从不去看望他的母亲？克莱尔在医院里躺了多久了？一个儿子不想去看他的母亲，这可不正常啊。"

"这个问题克莱尔和我讨论过。开始是她自己不想，她不想让米歇尔看见她现在的样子。"

"这是开始。后来呢？后来总归有过机会的吧？我是想说，现在连克莱尔自己也弄不明白了，她以为，她的孩子已经把她忘了。"

"你还是清醒点吧。米歇尔当然没有忘记他的母亲。他说……"——我想说"他一直不断地说起她"，可这不是事实——"他只是不想去看她，他不想去医院。我真是问得够多的了，'我们明天要不要去看妈妈？'，然后他就会做出一副疑虑的表情，说'也许……也许明天吧'，而当我第二天再问他的时候，他还是摇摇头。我是说，我总不能强迫他吧。不，等一等，应该是这样：我不想强迫他。至少在这种环境下不想。我不会违背他的意愿，把他强拖到医院，我不想让他以后还记着这事。他一定有他自己的理由。虽然他才四岁，但是也许他自己才最知道，应该怎样处理眼前的情况。我觉得，如果眼下他想排斥他妈妈入院了的事实，那就应该让他安静地去做。我认为这很成熟。成年人也会排斥一切。"

芭比嗅了几下，然后眉毛翘起。

"这不是……？"她说。与此同时，我也闻到了。当我猛地转过身奔向厨房时，已经可以看到浓烟弥漫整个走廊了。

"×！"当我关掉煤气，打开通向花园的门时，我能感觉到眼泪已经出来了。我使劲挥动双手，却只见浓烟在厨房里更加弥漫开来，不肯消散。

我用潮湿的眼睛向锅里看了看，从餐具柜里拿出木勺，搅着结成团的黑糊糊。

"保罗……"

他们两人一起站在门里，赛吉一只脚在厨房，芭比一只手搭在他肩上。

"哎，你们瞧瞧这儿吧！"我叫起来，"瞧瞧吧！"

我把木勺用力扔回餐具柜，对抗着更多的眼泪，可是只成功了一半。

"保罗……"现在，我哥哥的另一只脚也到厨房里来了，看见他正伸出去的手，我赶紧往旁边退了一步。

"保罗，"他说，"这些都是可以理解的。先是你的工作，现在又是克莱尔。你真的要承认这一点。"

我还能清楚地记得当我的手摸到烧得通红的锅把，手指的皮肤烫坏时发出的嘶嘶声。我没觉得疼，至少当时那会儿没有。

芭比叫起来。赛吉向后仰过头去，可锅的底边还是正中他的脸。当我再一次举起锅、砸向他的脸时，他往后一仰，半摔在芭比身上。听得见喊叫声，血现在也有了，溅到厨房白色的墙砖上、灶台旁边作料台上的玻璃杯上。

"爸爸。"

赛吉四肢摊开，躺在厨房地板上，嘴和鼻子被糊状的东西和血液包围了。我已经把锅挥了起来，准备再次砸向他血肉模糊的脸。

米歇尔站在门边，没有望他躺在地上的大伯一眼，而是望着我。

"米歇尔。"我说。我试着微笑，让锅低了下去。"米歇尔。"我又说了一遍。

餐后甜点

"这黑莓是我们自己的花园产的，"餐厅主管解释道，"这道芭菲是用我们餐厅自制的巧克力酱做的，这儿还有优质的杏仁碎，混合了磨好的胡桃粉。"

他用小拇指指向棕色的酱上几处不平坦的地方，这酱，我认为太稀了——对一个"芭菲"而言，可能比故意的还要稀，已经穿过黑莓之间的缝隙滴到了碟子底部。

我注意到芭比是如何好奇地打量那碟子的。从她的眼神里，我读出了失望——在餐厅主管解释的过程中，转变成了不加掩饰的厌恶。

"这东西我不要吃。"在他开口的时候她说。

"您是说？"餐厅主管说。

"我不要吃这个。请您拿走。"

有那么一会儿，我以为她会把碟子推开，她却退后了一大截，为了与这失败的甜点保持尽可能远的距离。

"可这是您点的呀。"

自餐厅主管把甜点摆到我们面前以来，她第一次抬起头看着他。"我知道自己点了什么。但我现在不想要了。我要您把它拿开。"

我看到赛吉已经开始摆弄他的餐巾了，把其中一个角弄到嘴边一个假想出来的污渍处，并擦掉了它，与此同时还在寻找着与芭比的眼神交流。赛吉为自己点的甜点，是香草冰激凌加巧克力酱。也许芭比的行为让他感到难堪，不过不难想到的是，他已经无法再忍受任何的拖延了。他现在就要吃甜点！我的哥哥总是在甜品单上寻找满世界都有的甜点，香草冰激凌加奶油啦，烤薄饼淋糖浆啦，他就知道这些。有时我会想，这可能跟他的血液里的含糖量有关。是他的血糖值，在最不恰当的时候把他丢在南美大草原不管。不过也与他明显的缺乏想象力有关。这样看来，冰激凌与里脊肉排都是同类货色。然而让我极为吃惊的是，在一家如此高雅的饭店的菜单上，竟然也会出现这种最普通的甜点。

"比这更美味的黑莓您在别处是找不到的了。"餐厅主管说。

"什么！你现在给我拿上这碟东西立刻消失！"我在心里骂道。这真是又一件闻所未闻的事。在任何一家普通的餐馆，或者应该说：在欧洲的任何一家正经的餐馆里，除了荷兰，一个服务员或是餐厅主管，是绝对不会想到要跟客人争论的，而是严格恪守此信条："客人满意了？好，马上退下！"当然，时时处处都有挑剔的客人，都有吹毛求疵的无赖，对菜单上的每道菜都要问个究竟，完全不理这是需要掌握一定烹饪知识的事实，还要打听什么长扁面和波伦亚细面两种意面有何区别"。对待这种人，当值的服务员完全有理由一拳挥在那问题不断、任性挑剔的嘴上，指骨该狠狠捶在上排牙齿上，让它们从齿根处断裂开来。得从法律上规定，当值人员在上述情况下有权采取紧急防卫措施。不过现实情况往往刚好相反。这些人什么都不敢做，嘟哝千遍"劳驾"，只为要一个盐瓶。吃起来像甘草的深棕色的四季豆，只有咬不动的腱子和软骨搅在一起的焖肉，不新鲜的小面包涂上长绿斑的奶酪做成的所谓的奶酪面包，荷兰饭店里的吃客总是默默地在嘴里嚼碎这一切，然后吞下去。当服务员稍后过来询问饭菜是否合胃口时，他们还边用舌尖舔着牙缝里的纤维和霉菌，边点着头说，嗯，味道很好。

我们又回到了原来的座位次序。芭比在我左边，赛吉坐她对面，克莱尔在我对面。我只需要把目光从盘子中向上一抬就能看到她。克莱尔也回看我一眼，眉毛翘起。

"哎，没关系，我很乐意把这黑莓一起消灭咯。"他用手摸着肚子，先向餐厅主管，然后向他的妻子笑着说。

整整一秒的安静。这一秒里，我又垂下了视线，似乎觉得有那么一会儿谁都不看，是最明智的选择。因此我望着自己的盘子，更准确地说是望着那三小块还未碰过的奶酪，每一块的旁边，餐厅主管的小指都停留过。他很详细地讲解过这是何种奶酪，可我真的没怎么听懂。现在的这个盘子比起盛前菜和主菜的盘子，销量肯定更好，不过最吸引人眼球的还得算盘子里的空洞。也许为了让它看起来不那么空洞，这三小块奶酪才被放了上去，角对着角。

是我点的奶酪，因为我不喜欢甜的甜点，小时候就不喜欢。可当我瞟到盘子时——尤其是盘子的空处时，一阵强烈的疲倦感向我袭来，这种感觉我已经尽力听任它一整晚了。

现在我最想马上回家，跟克莱尔一起，或者也可能一个人。如果现在可以让我躺在家里的沙发上，我真的愿意为此付出。从水平的角度我能更好地思考。我会再次好好思考今晚发生的事，如人们常说的，我会让这些事在脑子里再过一遍。

"这事你别管！"芭比对赛吉吼道，"也许我们得把托尼奥叫来，既然要换一个甜点这么难的话。"

"托尼奥"就是那个穿白色翻领毛衣的男人，我猜，就是餐厅老板，在门口亲自迎接过他们的人，因为他是如此荣幸能有罗曼这样的人物光顾他的餐厅。

"这倒没必要，"餐厅主管很快说道，"我自己会跟托尼奥说，而且我肯定厨房一定能给您换一份甜点。"

"亲爱的……"赛吉试图调解，但是很明显，他没法很快反应过来该说点什么，他又对餐厅主管笑笑，同时抬起两手，手心向上，摆出无可奈何的姿势，意思是："这些个女人哪，有时候连我也搞不懂她了。"

"你在傻笑什么？"芭比问。

赛吉把手垂了下来，露出一丝哀求的眼神，当他看着芭比时，又说了一声："亲爱的……"

米歇尔也一直不喜欢甜的餐后小吃，我在想。以前他还小的时候，如果餐厅的服务员用冰激凌或者棒棒糖来引诱他，他一定会摇摇头。如果那时候他想要什么小吃我们让他吃就好了，可是教育这事也是回不了头的。这是存在于我们基因里的东西。没错，找不到别的方法来表达了。如果我们基因里有什么遗传的因素，那么就是它决定了我们俩对甜点的反感。

最后，餐厅主管终于还是从桌上拿起了那一小碟东西。"我马上回来。"他喃喃自语着，迅速消失了。

"先生们，那是个什么榆木脑袋呀！"芭比叹道，生气地抹平餐巾上刚才甜点放过的位置，好像要把碟子可能在那儿留下的痕迹都抹掉。

"芭比，好啦。"赛吉恳求着，此时的声音里也荡着一些怒气。

"你看到他瞪人的样子了吗？"芭比说着，把手伸过桌子，抚着克莱尔的手，"你看到他听到他老板的名字之后立刻就让步了的样子了吗？"

克莱尔也笑笑，不过我知道，这不是打心眼里的笑。

"芭比！"赛吉插了进来，"好啦，我不认为你可以这样做。我是说，这儿我们常来，还从没有——"

"啊，你害怕了？"芭比打断了他，"你害怕下次突然没有位子留给你了？"

赛吉看看我，但我很快躲过了他的眼神。我的哥哥对遗传性有多少发言权呢？啊，对了，在他自己的孩子身上倒还可以——他自己的骨肉。可是对博呢？什么时候，人们才能承认，又能在多大程度上承认，他身上有些东西明显是从别人那里继承来的呢？从他留在非洲的亲生父母那里。还有反过来：赛吉又能在多大程度上与他的养子的行为划清界限呢？

"我什么也不怕，"赛吉说，"我只是很讨厌你这样粗鲁地对待一个人。我们才不要做这样的人。那个男人只不过是在做他的工作罢了。"

"是谁先开始用粗鲁的语气说话的？"芭比反问道，"嗯？是谁开始的？"她的声音变得更大了。我探了探四周，周围的桌子上已经朝我们转过来了好多脑袋。这当然是很有趣的事啦，一个与我们未来的首相同桌的女人提高了嗓门。

赛吉似乎也意识到了逼近的危险。他向桌子倾了倾身子，轻声说道："芭比，求你了，我们现在先到这儿吧，下次再继续讨论。"

在每一场家庭纷争中——在斗争和战争中也一样——总会有一个时刻，双方或其中一方可能会让步，使情况不再继续恶化下去。眼下就是这样的时刻了。我迅速地想了一下，我最好该怎么做。作为家庭成员和用餐同伴，我们的角色早已被设定好了，该参与调解，说些安慰的话，让争吵的双方可以重新相互靠近。

可是，如果诚实一点，我真的有兴趣那样做吗？我们真的有兴趣那样做吗？我向克莱尔望去，在同一时刻她也望着我的眼睛。她的嘴角边挂着一丝外人看不出的微笑，不过确实是微笑，嘴角附近还有肉眼无法察觉出的抽搐。除了我，没有人知道这看不见的抽搐的含义了，而我知道它意味着什么：克莱尔也不觉得有任何插手的必要，跟我一样。我们不会做什么把这两个争吵的人分开，相反，我们会尽一切所能让其愈演愈烈，因为这才是此刻最适合我们做的事。

我向我的妻子眨眼示意，她也回眨了一下。

"芭比，求你了……"——不是赛吉说的，而是芭比自己。她在用一种夸张造作的语调学赛吉讲话，把他演得像个哭哭啼啼、吵着要冰激凌的孩子。他这会儿不该再这样哭闹呀，我想着，看着挂在鼻子上的冰激凌，他已经有冰激凌了呀。我差点笑出来，克莱尔一定看到了，所以向我摇摇头，又眨眨眼示意。现在别笑！她的眼神在说，不然会把一切都搞砸的，我们就会变成出气筒，争吵就会结束的。

"你简直是个胆小鬼！"芭比喊道，"在你妻子觉得这甜点恶心得无法形容的时候，你该为我撑腰，而不是只想着你自己的面子，想着别人会怎么看你，你的朋友会怎么说！托尼奥！托尼或者安东对他来说一定是太普通了，听上去太像花椰菜和豌豆汤了！"她把餐巾扔到桌上——太重了，因为它碰到了酒杯，酒杯翻倒了。"我再也不会来这儿吃饭了！"芭比说。她已经停止了喊叫，但她的声音仍旧可以传到四张桌子开外的地方。很多人的餐具从手上掉落了下来，更加抑制不住要往我们这边看，不过要想不看还真是不可能。"我要回家。"芭比说，现在已经轻一些了，几乎重新回到了正常的分贝值。

"芭比，"克莱尔说着向她伸出一只手，"亲爱的……"

克莱尔的时机掌握得堪称完美。出于赞赏，我向我的妻子笑了笑。红酒在桌子上漫开来，大部分都流向了赛吉。我的哥哥从椅子上站起来，开始我还以为，他是害怕红酒滴到他的裤子上，然而他向后推开椅子，站了起来。

"我也没有兴趣再这样闹下去了。"他说。

我们三个人都看着他。他把餐巾从腿上拿下来扔到桌上。我看到冰激凌已经开始融化，一条香草小溪已经沿着杯壁流了下去，到达了玻璃杯的底部。"我失陪一下，"他说，"出去呼吸一下新鲜空气。"

他向我们的桌边跨了一步，然后又回来了。"很抱歉，"说着，先看看克莱尔，然后又转向我，"很遗憾事情发展成现在这样。我希望我们马上，等我回来的时候，就可以安安静静地讨论我们原本必须讨论的事。"

其实，我原本希望芭比又爆发起来，把什么东西砸向他的头，一边叫道："好哇，你走哇！走哇！走了才好呢！"可是她什么也没说——老实说，还真让我有点遗憾。这本来该是个多完美的丑闻啊：一个著名的政客，垂头丧气地离开了餐厅，他的妻子还在后面大喊大叫，说他是个笨蛋、胆小鬼。这件事就算永远不会见报，也一定会像野火一样迅速蔓延开来，从一张嘴传到另一张嘴，然后几十个、上百个，谁知道，也许成千上万的潜在选民都会知道，这位政客就是赛吉·罗曼，这个跟你我一样的男人，也会有很普通的婚姻问题，像所有人一样，包括我们。

问题是，夫妻争吵是会让他失去选票呢，还是也许会给他带来新的选票呢？也许夫妻有争吵反而让他显得更加人性化，不幸福的婚姻会更加拉近他和选民的距离。我看向他的冰激凌，又一条小溪流到了杯底，并到达了桌布。

"气候变化啊。"我说着，手指着我哥哥的甜品。我有种感觉，现在最好是随便讲一个什么无聊的笑话。"你们看见啦，不是危言耸听的。真的是如此！"

"保罗……"

克莱尔看了我一眼，又转向芭比——芭比在哀号，当我追随着我妻子的眼神移动方向时，我看到了。刚开始还是无声地哭，只有肩膀在微微抽动，可不一会儿就听到了第一阵抽泣。

在某些桌边，人们又停止了用餐。一个穿红色衬衫的男人向一个坐在他对面的年纪大一点的女士（他的母亲？）倾过身子，好像在窃窃私语：不要马上看，那里的那个女人在哭——他一定在说类似的话——赛吉·罗曼的妻子……

赛吉还没有走。他站在那儿，手撑着椅背，犹豫不决，好像不知道自己是否该把说过的话付诸实施，在这一刻，在他的妻子哭泣时。

"赛吉，"克莱尔说，眼睛没有看向他——甚至头都没有抬，"坐下。"

"保罗。"她握起我的手，拉了拉，而我花了一点时间才明白她的意思：让我起身，好让她坐在芭比身边。

我们俩同时站了起来。当我们从对方身边经过时，克莱尔又抓起我的手。她的手指圈住我的手腕，飞快地捏了一下。我们的脸相距还不到十厘米，我比我妻子高不了多少，只需要微微一倾，就能把头埋进她的头发里——此刻我抑制不住地想念。

"我们有个麻烦。"克莱尔说。

我没说话，只是短短地点了点头。

"关于你的哥哥。"克莱尔说。

我在等着，看看她是不是还有更多的话要说，可是很明显，她觉得我们俩在桌边站得太久了，于是，她强迫自己走了过去，在哭泣的芭比身边的位子上坐下。

"怎么样，一切都还满意吗？"

我转过身，看到了穿白色翻领毛衣的男人的脸。托尼奥！因为赛吉已经把他的椅子推了回去，重新坐了下来，而我还站着，所以他很可能是特别对我说的。不管怎样，一定不是因为身高的差距——他比我矮一个头——才让我觉得他的体态有些奴颜婢膝的感觉：他站在那儿，稍稍前倾，手搭在一起，头微侧着，这样他的眼睛就从斜下方看着我——久得超出必要。

"我听说，甜点的选择有点问题，"他说，"我们很乐意按您的心意为您换一种。"

"也是自制的吗？"我问。

"请再说一遍。"

这位餐厅老板的头发差不多掉光了，耳朵上方剩下的几根头毛修剪得小心翼翼。他那有点棕过头了的脑袋从白色的翻领毛衣中伸出来，好像一只乌龟从它的装甲里探出头来一样。

先前在赛吉和芭比踏入餐厅时，我就已经注意到他让我想起一个人，现在我突然想起来了。几年前，跟我们家隔着几栋房子，住着一个男人，也是这种类似的卑躬屈膝的姿态。他可能比"托尼奥"还要再矮一点，没有妻子。有一天晚上，米歇尔回到家，手上拿着一堆唱片，问我们还有没有唱片机，那时候他大概八岁。

"这些唱片你从哪儿弄来的？"我问他。

"从布瑞瓦尔德先生那里，"米歇尔说，"哎呀，他肯定有五百多张！这些我可以自己留着。"

把这个隔了几栋房子的矮小的单身男人的脸，和"布瑞瓦尔德"这个名字对上号，我是花了一点时间的。米歇尔说他们经常去他那儿，好几个住在附近的男孩，去布瑞瓦尔德先生那儿听老唱片。

我还记得我的太阳穴突然开始跳动，开始是出于害怕，然后变成了愤怒。我问米歇尔，同时尽可能地使自己的声音听起来没有异常，当男孩们听唱片的时候，布瑞瓦尔德先生在做什么。

"就那样。我们坐在沙发上，他总是有很多花生、薯片和可乐。"

晚上，当夜幕已经降临，我按响了布瑞瓦尔德先生的门铃。我没有先请求让我进入，而是把他推到一边，径直闯进了客厅，确认所有的窗帘都已经拉上。

几周之后，布瑞瓦尔德先生搬走了。我印象中最后的画面就是，这些男孩子在装着唱片碎片的箱子里翻来翻去，想找找还有没有未损坏的唱片。这些箱子是布瑞瓦尔德先生搬家前一天放到街边的。

我看着那个"托尼奥"，一只手紧握着椅背。

"溜吧，你这脏货！"我说，"溜吧，否则我很快就要失去自制力了！"

37

赛吉清了清嗓子，肘部枕在桌上，两边都是香草冰激凌巧克力酱，手指搭在一起。

"现在我们都已经知道发生了什么事，"他说，"事实摆在我们四个眼前。"他先看看克莱尔，然后芭比，她已经停止了哭泣，不过还在不停用餐巾的一角按脸颊——在眼睛尽下方，深色的眼镜片后面。"保罗？"他向我这边转了过来，看着我：他的眼神看起来有些担忧，不过我很怀疑他究竟是在担心人，还是担心他赛吉·罗曼的政客身份。

"嗯？"我应声道。

"我相信你也知道全部的事实了吧？"

全部事实？我几乎忍不住要笑出来。然后我看了看克莱尔，努力使自己保持严肃。"当然，"我说，"不过，这得取决于你对所谓的事实是如何定义的。"

"这我待会儿再说。现在要讨论的是，我们该如何处理这件事，我们怎么走出去。"

我原先还以为自己可能听错了，又看了看克莱尔。我们有个麻烦，她刚刚说过。这就是那个麻烦，她这会儿的眼神在说。

"等一等！"我插了进去。

"保罗，"赛吉把一只手放在我的前臂上，"先让我把我的立场说明。你马上就可以说了。"

芭比发出了一个声音：一个叹气和抽噎的混合声。"芭比，"赛吉提醒道，听上去已经不再是恳求的语气了，"我知道你在想什么。马上就让你说，等我先说完。"邻桌用餐的人已经重新低下头对着盘子了，不过在开放式厨房那儿却是骚动不安。我看见三个女服务生和餐厅主管围在"托尼奥"身边，他们没有向我们这个方向看一眼，但是我敢用我的那盘奶酪打赌，一定跟我们有关——更准确地说：跟我有关。

"我和芭比今天下午和里克谈过，"赛吉说，"我们觉得他忍受得很痛苦。他觉得他们所做的事很可怕，几乎因此无法入睡。他看起来很糟糕，甚至影响到了他在学校的成绩。"

我本想说点什么，可还是忍了回去。赛吉的语气里有些东西：似乎他事先就已经要把他和他的儿子与我们的儿子拉开距离。里克无法入睡，里克看起来很糟糕，里克觉得这很可怕。这听上去好像我和克莱尔必须为米歇尔说点话——可是我们能说什么呢？说他比里克还睡不着？

可事实并非如此，我突然意识到。米歇尔正忙着其他的事，而不是那个取款机隔间里无家可归的女人。而赛吉在那儿扯什么学校的成绩呢？如果仔细想想，这根本就没有可说的价值。

我决定了，克莱尔抗议的时候我就发言。如果克莱尔说，鉴于发生的事，现在谈学校的成绩不太合适，那么我就说，我们在这儿不想讨论米歇尔的成绩。

米歇尔的成绩受到影响了吗？我马上问自己。我不觉得。单单这一点也说明，他比他的堂兄弟更加不知悔改。

"从一开始，我就尝试把这整件事和我的政治前途分开看待，"赛吉说道，"顺便说一句，我这样讲并不是说我从没考虑过我的政治前途。"

很明显，芭比又开始哭了。无声的。一种我不想在场却偏偏在场的感觉慢慢向我逼近。我不禁想到比尔·克林顿和希拉里·克林顿，想到奥普拉·温弗莉。

会不会这样呢？这会不会是正式的新闻发布会前的彩排？在招待会上赛吉·罗曼被告知，XY 档案视频里的男孩就是他的儿子，而他还希望能够继续获得选民的信任？但愿他没有如此幼稚。

"我首先在意的是里克的将来，"赛吉说，"如果这件事能够不被披露出来，当然最好不过。可是真的可以这样生活下去吗？里克可以带着它生活下去吗？我们可以吗？"他先看看克莱尔，然后又看看我。"你们可以吗？"问完，没有等我回答就继续道，"我不行。我又看到自己站在那儿，露天台阶上，和女王、和部长们一起。心里清楚地确定，随时随刻，在任意一场新闻发布会上，可能会有一个记者举起手来：'罗曼先生，有传言说您的儿子参与了一起谋杀案，死者是一名无家可归的女性。请问这件事属实吗？'"

"谋杀！"克莱尔叫了起来，"现在已经上升到谋杀了吗？你怎么突然说到这个词？"

一阵安静。"谋杀"无疑传到了四张桌子开外处。赛吉先看了看肩部，然后看向克莱尔。

"对不起，"她说，"我太大声了。可是并没有到那个地步吧？我觉得现在谈'谋杀'确实太过了一步。我说什么来着？不是过了一步，而是十步！"

我满心赞赏地看着我的妻子。她生气的时候变得更美了。尤其是她的眼睛，那目光会使男人难堪。别的男人。

"那你会称其为什么呢，克莱尔？"赛吉拿起他的甜品勺，掏了几次他那化了的冰激凌。那是个特别长的勺子，可是冰激凌和奶油还是沾到了他的手指上。

"一个不幸，"克莱尔说，"各种状况不幸地撞到了一起。只要是头脑还清醒的人，就不会下这么重的结论，说这两个孩子那天晚上就是出发去谋杀一个无家可归的女人的。"

"可是人们在监视器的画面里看到的就是这样啊。整个荷兰看到的就是这样。即使我不称它为谋杀，也得把它叫作故意杀人。你不可否认的是，那个女人完全是被动的。她被一盏灯、一把椅子，最后还有一个油桶砸到头，却没有对他们做任何事。"

"她待在取款机隔间里做什么呢？"

"这一点都不重要。到处都有无家可归的人。很遗憾。他们就睡在稍微温暖一点、干燥一点的地方。"

"可是她挡着路，赛吉。我是说，她也可能睡在你们家门口。那儿一定也是又干燥又温暖。"

"我们应该试着把注意力集中在最根本的事情上，"芭比说，"我真的不相信——"

"我说的就是最根本的事,亲爱的。"克莱尔把一只手搭在芭比的前臂上,"请不要生气,可是赛吉这样说,听上去就好像我们是在讨论一只可怜的、值得同情的小鸟,一只从巢里掉下来的小鸟。可这儿说的是一个成年人。一个成年女人,在意识完全清醒的情况下躺在一个取款机隔间里。请不要误解,我只是在尝试设身处地地去思考。不是为那女人,而是为米歇尔和里克,为我们的儿子。他们没有喝醉,没有嗑药,他们只想取钱。可是在取款机前却躺着一个发臭的人,他们当然会本能地叫起来:'该死的,滚开!'"

"他们难道不能去别处的取款机取款吗?"

"别处?"克莱尔开始笑起来,"别处?好吧,当然。人们当然总是可以到处绕来绕去。我说,换作你会怎么做,赛吉?假如你打开家门,必须从一个流浪汉身上跨过才能出去,那你会怎么做?你会回到家里吗?或者有人在你们家门口小便,你会把门关起来,还是搬走?"

"克莱尔……"芭比说。

"好,好,"赛吉说,"我懂你的意思了。我并不是那个意思。当然我们不必一碰到问题或困境就绕过去,但是可以、必须找到解决的办法。一个无家可归的人……"——此时他犹豫了一会儿——"剥夺她的生命,不是解决问题的方法。"

"我的天哪,赛吉!"克莱尔说,"我不是在这儿讨论无家可归的人的问题,我是在说一个特定的无家可归的女人。并且我觉得我们不该讨论太多关于她的事,而应该说说里克和米歇尔。我并不是想否认已经发生的一切,我不是想说我觉得这一切并不糟糕。可是我们还是应该始终从正确的角度来看待。这是一个意外事件，一个可能会对我们的孩子们今后的生活、对他们的未来产生很大影响的意外事件。"

赛吉叹了一口气，把两只手放到了他的甜点两边。我注意到他正寻找着芭比的目光，可是她正在放在腿上的手袋里翻来翻去，好像急着找什么东西。

"正是，"他说，"未来。我也想说此事。请不要误解我，克莱尔，我跟你一样担心我们的孩子们的未来，只是我不认为他们能带着这样的一个秘密生活下去。长此以往，他们会崩溃的。至少里克现在已经开始崩溃了。"他叹了一口气，"我也崩溃了。"

置身于一个只是附带与现实有关的事件当中的感觉，已经不是第一次向我袭来了。至少跟我们的现实情况有关，两对夫妇的现实情况——两个兄弟和他们的妻子。这两对夫妇一起来聚会用餐，就是为了讨论他们的孩子们的问题。

"我的决定是与我的儿子的未来系在一起的，"赛吉说，"以后，当一切对于我们都已经过去了的时候，他还要继续他的生活。我想强调的是，这完全是我一个人做的决定。我的妻子……芭比……"芭比从包里搜出了一包淡型万宝路，没拆开的，现在她正拆着透明的玻璃纸。"芭比不同意我的意见，但是我已经决定了，她今天下午才知道。"

他深吸了口气，然后一一看看我们每一个人。直到现在我才发现他眼里模糊的泪光。

"为了我的孩子的利益，也为了我们国家的利益，我作为首席候选人，决定退出选举。"他说。

芭比已经把烟送到了两唇之间，可现在又把它拿了下来。她看着克莱尔和我。

"亲爱的克莱尔，"她说，"亲爱的保罗……你们得让他恢复理智。求求你们告诉他，他不能这样做。告诉他，他真是完全疯了。"

38

"这不可能。"克莱尔说。

"可不是吗！"芭比说，"你看到了，赛吉。你怎么看呢，保罗？你一定也觉得这个想法很疯狂，不是吗？真的完全没有用啊。"

在我个人看来，这个主意简直棒极了，我的哥哥要以此结束他的政治生涯，这对所有人来说都再好不过了。这个国家将免受四年赛吉·罗曼的统治：宝贵的四年。我想到一些无法想象的事情，一些我大部分情况下都能成功抑制掉的事情：赛吉·罗曼站在皇宫的台阶上，站在女王的身边拍官方的照片；和他的新成立的政府成员、和乔治·布什一起；赛吉坐在敞开的壁炉前的摇椅上；赛吉和普京在伏尔加河上的一艘小船上……"欧洲峰会之后，荷兰首相罗曼和法国总统共同举起了……"对一个叫人无法忍受的想法，我尤其感到羞耻：来自全世界各国的政府首脑，不得不面对我哥哥这种人在心不在的状态。不管是在白宫，还是在爱丽舍宫，他都是三口两口就吞下了他的腓力牛排，因为他现在就要吃。然后那些政府首脑就会面面相觑。"他来自荷兰"，他们会说——或者只是会想，这就更糟糕了。人们会羞得想要钻进地洞里。仔细想想，对我们的首相们来说，羞耻是唯一一种将一届又一届的荷兰政府连接得天衣无缝的感觉。

"也许他应该再好好考虑考虑。"我对芭比说着，耸了耸肩。最可怕的想法是：在某一个时刻，一个对不久前来说还是很快就将到来的时刻，而现在，很幸运地，已经是很快就要消散的一刻——在那个时刻，赛吉坐在我们家的桌边，大侃特侃他和国家元首们的聚头，全是些毫无意义、不知所云的故事，空洞的套话。我和克莱尔尚可看透他的这些陈词滥调，可是米歇尔呢？米歇尔会不会被他讲的这些逸事吸引，假如我的哥哥迅速地揭开面纱，让他可以到幕布后面看这台世界大戏，只是为了证明他在我们家饭桌边的存在是有价值的？"你在抱怨什么呢，保罗。你瞧见啦，你的儿子相当感兴趣呢。"

我的儿子，米歇尔。我想到的是一种将来，但是都没问问自己，它是否还存在。

"再考虑考虑？"芭比说，"正是！他该再好好想想！"

"我不这样认为，"克莱尔说，"我是说，赛吉不能这样随意地自己一个人做出这样一个决定。"

"我是他的妻子！"芭比叫起来，又开始抽噎了。

"你说的这个我也不能认同，芭比，"克莱尔说，同时看着赛吉，"我的意思是，既然我们四个在这里碰面，这就跟我们大家都有关系，跟我们四个。"

"所以我才希望我们四个人能聚在一起，"赛吉说，"共同商量一下我们该怎样处理这件事。"

"该怎样处理什么？"克莱尔想知道。

"我们该怎样对外公布这件事。怎样才能给我们的孩子们一次诚实的机会。"

"可是你并没有给他们任何机会，赛吉。你只是对外公布，你要退出政坛，你不再想当首相。因为你无法带着那件事生活下去，是你说的。"

"你可以带着它生活下去吗？"

"关键不是我能不能生活下去，而是米歇尔。米歇尔必须能够带着它生活下去。"

"那么他可以吗？"

"赛吉，请不要做得好像你听不懂我说的话。你做出了一个决定，通过这个决定，你同时也决定了你儿子的未来，这点你必须清楚。虽然我真的很怀疑，你到底清不清楚自己所做的事会产生什么样的后果。可是你做的这个决定，也毁了我儿子的将来。"

我儿子。克莱尔说了"我儿子"，她可以在这个时候很快地再看我一眼，为了得到确认，或者哪怕只是用一个请求同意的眼神，来纠正自己说"我们的儿子"——但是她没有这样做，她甚至没有朝我这个方向望一眼，而是直直地盯着赛吉。

"哎呀，别这样了，克莱尔，"我的哥哥挥了一下手，"将来已经被毁了，不管发生什么。这跟我是否做出这样的决定毫无干系。"

"不对，赛吉。未来只有当你决意要把尊贵的政客的身份晾出去的时候才会被毁掉。因为你无法带着某事活下去，所以你就简单地跳出去，可这也牵涉我的儿子。也许，你这样做可以取得里克的谅解，而且我希望你能够跟你的儿子解释清楚，你将对他的未来做些什么。可是请不要把米歇尔拉进去。"

"我怎么样才能把米歇尔置之度外呢，克莱尔？怎么才能做到？你可不可以给我解释解释？我是说，他们俩当时都在那儿，又或者都不在。还是你想否认些什么？"他等了一会儿，好像他自己也被他未说完的意见吓到了。"你想要这样吗？"他问道。

"赛吉，现在回到事实上来吧。根本没有什么事，没有人会被捕，甚至不会有人产生怀疑。只有我们知道发生了什么事。这样就要牺牲掉两个十五岁少年的未来，理由实在太不充足了。我现在先不说你的未来。你必须做你认为对的事情，但是与此同时，你不能把其他任何人一起扯进去，特别是你自己的孩子，还有我的。你把这个消息卖出去，好像是一种崇高的自我牺牲：赛吉·罗曼，这位有责任心的政治家，我们的新首相，放弃了他的政治生涯，因为他不能带着这样的一个秘密生活下去。实际上不是一个秘密，而是一个丑闻。这一切看上去似乎非常高贵，但实际上却是纯粹的以自我为中心的利己主义。"

"克莱尔。"芭比说。

"请等等，等等，"赛吉说着，给了他的妻子一个手势，示意她先不要吭声，"让我先把话说完，我还没有说完。"他重新转向克莱尔。"想给自己的儿子一次诚实坦白的机会也算是利己主义吗？一个父亲为了他的儿子的将来要放弃自己的未来，这叫利己主义吗？你至少得给我解释清楚，这哪里利己了？"

"那么这样的将来里有些什么内容？在这样一个他自己的父亲把他

放逐到被告席上的将来，他要怎么办？而他的父亲日后又该如何向他解释，他是因为该父亲的帮助才被送进监狱的？"

"可这也许只是几年时间。在这个国家，故意杀人罪判不了更久的。我绝不是想否认，这会产生巨大的影响，但是几年之后，他们就会期满释放，就可以小心翼翼地重新回归到省会中来。我说，你想怎么做呢，克莱尔？"

"什么都不做。"

"什么都不做。"赛吉重复了一遍这句话，像是一个中立的结论，没有问号。

"这样的事会过去的。人们只会说说坏话，可是生活还是得继续下去。两三个月之后就不会再有人说起这件事了。"

"我在说另外一件事呢，克莱尔。我……我们发现里克已经渐渐快要崩溃了。也许人们会忘记这件事，但是他不能。"

"可是我们可以帮助他们，赛吉。帮他们忘记。我只是说，这样的决定不能如此草率地做出来。几个月，或者几周之后，一切就又都不一样了。我们可以那时再更加冷静地来讨论此事。我们。四个人。和里克，和米歇尔。"

和博，我本想补充的，但还是忍了回去。

"很遗憾这不可能。"赛吉说。

在接下来出现的一阵沉默里，只听到芭比小声的抽噎。"明天就有一个新闻发布会，我将会在会上宣布退选，"赛吉说，"明天中午十二点。会现场直播，十二点钟，新闻就会以此事开播。"他看了看表。

"哦，已经这么晚了。"他说着，似乎让这个结论听起来自然而然，他丝毫不用费力气。"我得……我还有个约会，"他说，"马上，半小时之后。"

"约会？"克莱尔问道，"可我们还得——和谁？"

"导演还想为了明天的新闻发布会，先与我熟悉一下场地，再跟我谈点事。对我来说，这样一个新闻发布会在海牙召开，真是不太合适。对我来说，从没合适过。因此我想到了一个比较不那么正式的地方……"

"哪儿？"克莱尔问，"但愿不是在这儿。"

"不是。你知道这对面的那家小酒馆吧，你们几个月前带我们去过的那家？我们还在那儿吃饭的。那个——"他的样子好像在寻找那个名字，然后把它说出来，"当我在想一个合适的地点时，这家小酒馆突然就跳到我的脑子里。一家普通的酒馆。里面都是普通的人。在那儿比在叫人不舒服的新闻发布会的房间里，我更像我自己。我还建议保罗在来此地用餐之前先到那儿喝杯啤酒呢，可他不想。"

39

"先生们要再来点吗？"

餐厅主管不知从哪儿冒出来，又出现在我们桌边，双手扣在身后，上身微微弯下；很快扫了一眼赛吉面前瘫软下来的冰激凌，然后用询问的眼神一一看向我们。

也许是我搞错了，不过他的动作和表情暴露出了某种仇恨。这种事在这样的餐厅经常会遇到：客人已经吃完了，那么再开一瓶酒的可能性就降低了；或者可能也就这样走了。不管他在七个月后是否会成为新的首相，我在想，都不会有时间再来或者说再见了。

赛吉又看了看表。

"那么，我想……"他先看看芭比，然后看看克莱尔。"我建议我们到小酒馆去喝一杯，怎么样？"他说。

前任，我在心里纠正自己，前任首相。哦，不……一个从未当过首相且放弃了机会的人该怎么叫呢？前——候选人？

不管叫什么吧，这个"前"字总归听起来不大舒服。前足球运动员，前赛车手，对此都有亲身体会。我真的很怀疑，明天的新闻发布会之后，我的哥哥是否还能一直在这家餐厅得到一张预留的桌子。当天的桌子。似乎可能性比较大的应该是，等待名单上的前候选人，最早能在三个月之后被安排一张桌子吧。

"请您帮我们拿账单来吧。"赛吉说。也许我漏掉了点什么，但是我想他并没有先等芭比和克莱尔对他的建议做出反应：她们觉得这个建议如何？她们是否愿意移驾到小酒馆？

"我还想再来一杯。"我说。"一杯意式浓缩咖啡。"我补充道。"再来点别的。"我想了一下，还想要点什么。整个晚上我都表现得比较克制，可尽管如此，我还是不能马上决定自己此刻想要点什么。

"我也要一杯意式浓缩咖啡，"克莱尔说道，"再要一杯渣酿白兰地。"

我的妻子。我感到一阵温暖，打从心眼里希望此刻能坐到她身边、触到她。"我也要一杯渣酿白兰地。"我说。

"您呢？"餐厅主管一开始似乎有点迷惑，现在他看着我的哥哥。不过赛吉摇了摇头。"就要账单，"他说，"我和我妻子……我们得……"他望向他的妻子——一种惊慌失措的眼神，我从侧面都看到了。现在芭比要是也点一杯意式浓缩咖啡，我一点也不会觉得惊讶。

不过芭比已经停止了哭泣，她用纸巾遮着鼻子。"我什么也不要了，谢谢。"她说道，没有看餐厅主管一眼。

"那就是两杯意式浓缩咖啡和两杯渣酿白兰地，"他说，"请问要哪种渣酿白兰地呢？我们一共有七种，有年代久远的木桶酿造的，也有新酿的——"

"就普通的吧，"克莱尔打断了他，"透明的那种。"

餐厅主管鞠了一个肉眼几乎无法察觉的躬。"一杯新酿渣酿白兰地给这位女士，"他说，"那这位先生呢？"

"一样的。"我说。

"还有账单。"赛吉又说了一遍。

餐厅主管走了以后，芭比转向我——试着挤出一个微笑。"你呢，保罗？我们还没听到你的意见呢。你怎么认为？"

"我觉得赛吉选了我们的小酒馆真是难得。"我说。

那微笑，至少是微笑的尝试，从芭比的脸上消失了。

"保罗，拜托！"赛吉说着看着克莱尔。

"没错啊，我真的觉得很难得，"我说，"上次是我们带你们去的那里，那是我和克莱尔经常去吃每日套餐的地方。人们不能就这样突然在那里召开一个新闻发布会。"

"保罗，"赛吉说，"我不知道，你对这件事的严肃性有没有概念——"

"让他说完。"芭比说。

"其实我已经说完了，"我回答道，"谁连这种事都不理解的话，我也没法向他解释什么了。"

"我们很喜欢那酒馆，"芭比说，"我们对那晚的回忆特别美好。"

"猪排！"赛吉叫起来。

我在等着接下来还有什么话，可是只有沉默。"没错，"我说，"美好的回忆。不知我和克莱尔接下来会有怎样的回忆呢？"

"保罗，拜托你现在正常一点好不好，"赛吉说，"我们在这儿讨论我们的孩子们的将来呢。我的将来我已经不想再把它作为主题探讨下去了。"

"可是他说得对。"克莱尔说。

"哦不，拜托了。"赛吉说。

"不，别拜托，"克莱尔说，"这里说的是你如此轻易地把我们的一切据为己有。保罗是这个意思。你虽然嘴上说的是我们的孩子们的将来，但实际上你对此真的毫不关心。你侵占了他们的将来，正如你就这样轻易地把酒馆侵占，用来作为你召开新闻发布会的合适场所，只是为了让它显得更加真实可信。你甚至想都没有想过要问问我们对此的看法。"

"你们在说什么呢！"芭比说，"你们说得好像开新闻发布会是理所当然似的。我本来还指望你们能劝他放弃这个傻念头的。你可以的，克莱尔。想想你在花园里说过的话吧。"

"跟这有关？"赛吉问，"跟你们的酒馆？我根本不知道，那是你们的酒馆。我还以为那是一个公开的、任何人都可以自由进入的地方。请原谅。"

"是跟我们的儿子有关，"克莱尔说，"对，也是我们的酒馆。我们当然没有权利提出那样的要求，但是我们的感受就是这样。不过保罗说得对，我们没法对此做出解释。这种事，人家要么理解，要么不能理解。"

赛吉从口袋里掏出手机，看了看显示屏。"很抱歉，不过我得接个电话。"他把手机拿到耳边，向后推开椅子，半直起身。"喂，我是赛吉·罗曼……你好。"

"该死的！"芭比把餐巾扔到桌上。"该死的！"她又说了一遍。

赛吉离桌子有几步远，他深深地向前弯下身子，用另一只空着的手的两根手指捂着另一只耳朵。"不，不是这样的，"我刚好听到，"事情比这复杂得多。"然后他就穿过桌子向洗手间或是出口的方向走去。

克莱尔从袋子里拿起手机。"我给米歇尔打个电话，"她说着，看看我，"几点了？我不想把他吵醒。"

我没带表。自从我离职之后，我就尝试跟着太阳的节奏来生活，跟着地球的运转和光线的强弱。

克莱尔知道我已经不戴表了。

"我不知道。"我说。我感到脖子后一阵痒痒的感觉，原因就在于我看着我的妻子的方式——盯着，其实可以说得更好一点——这样的话我就会有种感觉，好像我被牵扯到什么事情里面去了，尽管眼下我还无法预见到是什么事。

毕竟不被牵扯进去会更好，我想。这比"爸爸对此一无所知"好多了。

克莱尔看向旁边。

"怎么了？"芭比问。

"几点了？"克莱尔问。

芭比从袋子里拿出手机，看了看显示屏。

然后她说了时间，并把手机放在面前的桌子上。她没有对着克莱尔说:"可是你可以看你自己的手机呀。"

"我们的宝贝已经在家里窝了一整晚了,"克莱尔说,"虽然他已经快十六岁了,是强壮的男子汉了,可是……"

"反之,对于一些别的事情,他们也已经不小了。"芭比插进来。

克莱尔没有作声,用舌尖舔了舔自己的下嘴唇。每当她生气的时候就会这样做。"有时候我想,我们做的才正是错误所在。"她说,"我们知道,他们已经不小了。对外界来说,他们已经成年了,因为他们做了一些我们作为成年人认为违法的事情。可是我觉得他们自己对待这件事还是更像孩子。这正是我想对赛吉说的。我们没有权利夺走他们的童真,没有权利仅仅出于这唯一的原因,即按照我们成年人的标准是一种违法,就要他们用一生来赎罪。"

芭比深深叹了一口气。"很遗憾,我认为你说得对,克莱尔。有些东西消失了,也许是他的无拘无束。他一直是这样……唉,你们知道的,里克是怎么样的。这样的里克已经不存在了。过去几周里,他一直都只是窝在他的房间里,吃饭的时候几乎什么话也不说。脸上挂着一种,一种严肃的神情,好像这段时间他都在不停地冥思苦想。他以前从来没有这样过,没有这样冥思苦想过。"

"但是你们怎么对待这件事,也会对他产生一定的影响。我是指,也许他一直都在想来想去,是因为他认为你们希望他这样。"

有一会儿,芭比什么都没说。她一只手平放在桌子上,用指尖把手机向前推了一厘米。"我不知道,克莱尔。他的父亲……是他的父亲更希望他这样,我想,不是我希望他想这件事,即使说这样的话也许不太公平。可以确定的是，他父亲的地位有时候对他而言，真是个问题，在学校里，在朋友当中。我的意思是，他已经十五岁了，但还是一直很孩子气，同时他又是一个电视里天天都能看到的人的孩子。有时候他会怀疑友情。他想那些人对他好，是因为他的爸爸很出名。或者反过来：老师们有时对他不公平，因为他们不知道怎样处理这种关系。我还很清楚地记得，在他就要上中学的时候，他对我说：'妈妈，我有种感觉，我要从头开始了！'对此他很高兴，可是一周之后，整个学校就都知道他是谁了。"

"而接下来，整个学校还会知道一些别的事，如果依照赛吉的主张的话。"

"我一直都在劝赛吉。我说里克已经因为他的父亲有够多的麻烦了，已经超出了对他有好处的范围。而现在赛吉还要把他一起拖进这整出闹剧里，让他再也无法摆脱此事。"

我想到了博，想到了那个来自非洲的、在芭比的眼里不可能做出任何坏事的养子。

"在米歇尔身上，我们还可以确定，他还一直保有你所说的无拘无束。当然他没有一个这么有名的父亲，不过……这事没有给他带来太沉重的负担。有时候我甚至觉得不安，因为他好像还并不清楚这一切对他的将来意味着什么。从这个意义上来说，他的反应真的还像个孩子。一个无忧无虑的孩子，而不是个会思考的、早熟的成年人。对我和保罗来说，这也是个两难的事。我们该怎样做，才能既向他指明他的责任所在，同时又不破坏他的童真呢？"

　　我看着我的妻子。对于我和保罗……从克莱尔和我还以为对方还被蒙在鼓里到现在有多久了？一个小时？五十分钟？我看了看赛吉没再碰过的冰激凌：正如树木的年轮或者"碳14法"一样，从技术的角度来说，也应该可以从冰激凌的融化过程推断出消逝的时间。

　　我望着克莱尔的眼睛，望着我妻子那双对我而言意味着幸福的眼睛。没有我的妻子，我就什么都不是，男人偶尔在善感的时候会这样声称。他们把自己称为笨拙不灵活的人，可是其实他们是想说，他们的妻子在他们的一生中，总是为他们把不好的东西扫除，而且从未停止过，在白天随时随地给她们的丈夫端上一杯。我并不想让克莱尔为我做到这种程度，同样，就算没有克莱尔，我也会走下去，不过是走不同的方向。"克莱尔和我希望，米歇尔能继续他的生活。我们并不想给他灌输负疚感。我是说，虽然他是有些责任，但是不应该说，一个躺在取款机隔间里挡路的无家可归的女人，突然一下子就变成完全无辜的了。如果一开始就抱着这样的法律观点不放，那么人们很快就会陷入偏见中。人们无论走到哪里都一直能听到这样的话：这些出轨的年轻人会有什么下场。从来没有人对出轨的流浪汉、无家可归者说一个字，他们可是哪儿舒服就躺哪儿。不，请注意，他们是想借此惩一做百，因为法官们会间接想到他们自己的孩子。我们可不想让米歇尔成为一群民众暴徒的牺牲品，这些人就想见血，也是他们在叫嚣要重新恢复死刑。米歇尔对我们而言实在太宝贵了，我们可不想把他送给这帮乌合之众当牺牲品。再说，就牺牲品而言，他实在太聪明了，才不屑做呢。"

在我发表辩护词期间，克莱尔一直望着我，她的眼神和微笑此时也是我们幸福的一部分。这种幸福，能应付很多事，是外人无法轻易就摧毁的。

"你说得简直对极了！"她说着，把握着手机的那只手伸向空中。"我要给米歇尔打电话。你刚刚说的，几点了？"她问芭比，并按下一个键——当她询问时还是一直看着我。

芭比则再一次看了看手机，说出了时间。

我在这里就不说准确的时间了。说出准确的时间之后，可能会对一个人不利。

"哈啰，我亲爱的！"克莱尔说，"你怎么样？不觉得无聊吗？"

我注视着我妻子的脸。每一次她和我们的儿子打电话时，她的脸上、眼睛里都会有些东西散发出来，她会开始发光。现在她笑着，用轻松的口气说着话——可是她没有在发光。

"不，我们只是再去喝杯咖啡，过不了一个小时，我们就到家了。你还有足够的时间收拾收拾。你吃的什么呀……"

她听着，点点头，又说了几次是与不是，最后用一句"待会儿见，亲爱的，亲一下"结束了对话。

事后，我不知道到底是因为她没有发光的脸，还是因为她一次也没有提我们之前在餐厅的花园里和我们的儿子碰面的事，不管怎样，我突然一下子明白了，我们刚才已经成了这出戏的见证人。

不过这出戏是为谁导的呢？为我？我想这不太可能。为芭比？可是目的何在？克莱尔两次向芭比明确地询问时间——似乎想借此确保芭比以后还会记得此事。

爸爸对此一无所知。

然而突然，爸爸明白了。

“这两杯浓缩咖啡是给……”是一个穿黑裙的女侍者。她一只手端着一个银色的托盘，上面是两杯浓缩咖啡和两杯杯子极小的渣酿白兰地。

当她把咖啡和酒放到我们面前时，我的妻子正噘着嘴唇做出亲吻样。

她看着我——然后对着我们之间的空气一吻。

餐后酒

就在不久之前，米歇尔还写了一篇关于死刑的作业，历史课的作业。起因是一个关于谋杀犯的纪录片，他们服刑期满之后即将重新投入社会，可经常是还没被释放就又开始杀人了，于是就引起了关于支持和反对死刑的讨论。里面还有一个对美国一位心理学家的采访，他的意见是，有些人永远不应该释放。"我们必须承认，这个世界上是有魔鬼到处乱窜的，"这位心理学家说，"对于这些魔鬼，在任何情况下，我们都不能考虑对其减轻处罚。"

几天之后，我看见米歇尔的书桌上飘着这篇作业的前几页。封面他用了一张从网上下载下来的照片，是一张白色的铁床，在美国的某些州，死囚就在这样的床上被注射致死的药物。

"也许有什么我可以帮忙的地方……"我曾对他说。又过了几天，他给我看了完成的第一稿。

"最主要你得告诉我，这样写行不行。"他说。

"这样行不行？"我问。

"我不知道。有时我想到些事情……而我不知道这种事是不是不允许想。"

读了他的第一稿——我被震撼了。作为一个十五岁的孩子，米歇尔对于有关犯罪和惩罚的各种事情有着非同一般的见解。一些道德上的两难境地，他一直讨论到结尾。我理解他所说的有些也许不允许想的事是指什么了。

"很好，"我把作业还给他的时候对他说，"换作我就不会有任何担心。你当然可以想任何事，不必现在就刹车。你写得很清楚。其他人得先找到有力的反证才行。"

几天后，他又给我看了下一稿。我们探讨了他写的那些道德问题。那段时光给我留下了很美好的回忆，特别特别美好的回忆。

他的作业交上去还没一周，我就被叫到校长那儿去了。电话里，他请我在一天说好的那个时间去找他，说要跟我聊聊我的儿子米歇尔。在电话里我问了，是不是有什么特别的事发生，不过我已经猜到个八九不离十，应该是跟他关于死刑的作业有关。但我还是想听他亲口告诉我原因——可他没有说。"有些事我想跟您谈一谈，但不是在电话里。"他说。

在约定的那天下午，我走进了校长的办公室。校长请我坐到他办公桌对面的椅子上。

"我想跟您聊一聊米歇尔。"他开门见山地说。我强压下了说出"不聊他还能聊谁"的冲动，把一条腿架在另一条腿上，摆出认真听讲的姿势。

在他的脑袋后面挂着一张一个援助机构的巨幅海报，我不记得是乐施会还是联合国儿童基金会了，画的是一片贫瘠的土地，显然没有植物愿意在上面生长，下方的角落里蹲着一个穿着破烂衣衫的孩子，正张开他一只瘦削的手。

这张海报给我的感觉是，我得特别小心。很可能这位校长反对全球变暖和一般性的不公。也许他不吃哺乳动物的肉，而且他是反美的，或者至少反布什——持后面这种态度的人，可是为自己谋得了一些特权的，他们就不用再去想其他任何事情。谁反对布什，谁就是明智勇敢的，就可以在他周遭的圈子里放心大胆地当一个无耻之徒。

"到目前为止，我们对米歇尔一直都很满意。"校长说。我闻到一股奇怪的味道，不一定是汗味，更像是分开的垃圾——或者说得更准确一点，是经分类后的部分垃圾的味道，一般出现在生物垃圾桶里。我无法摆脱掉这种印象：那气味是直接从校长身上传出来的。也许他不用除臭剂，为了保护臭氧层；或者也许他的妻子是用环保洗衣粉洗衣服的，众所周知，时间久了，白衣服就会慢慢变灰，并且再也不会变干净了。

"不过最近他的一篇历史作业，引起了我们一定程度的不安，"校长继续说道，"至少它特别引起了我们的历史老师霍尔塞马先生的兴趣，正是他拿着那篇作业来找的我。"

"关于死刑的。"我说，为了结束这种绕来绕去的对话。

校长看了我一眼，他的眼里也有些灰灰的、呆板的东西，一般智力水准的无聊的眼神，自说自话地断言他已经把一切都调查清楚了。"正是。"他说着，从书桌里拿出什么东西，然后开始在里面翻来翻去——是我读过的封面是黑底白字、下方印着白色铁床照片的《死刑》。

"尤其是下面这一段，"校长说，"这儿，'……且不论国家执行死刑的种种不人道，人们可能有时会问，对有些罪犯来说，这样做是不是会更好，即在前一个阶段就……'"

"您不需要念给我听，我知道里面写了些什么。"

从校长的脸部表情可以看出来，他并不习惯被人打断。"正是，"他又说了一遍，"那么您对内容很熟悉咯？"

"不光如此。我还在某些地方给了我儿子一些指导。只是一些小建议，绝大部分当然都是他自己写的。"

"但是很明显，您不认为有必要在我刚刚提到的、我想把它称为'私自执行司法'的章节给予他一些建议咯？"

"是的，但是我对'私自执行司法'这个概念不敢苟同。"

"那您把它叫作什么呢？毕竟这里很明确讲的是未经过正式的审判程序就执行死刑。"

"但同时讲的是死刑的不人道。由国家执行的非人道的、临床的死刑。用注射或是电椅。还有关于所有那些可怕的最后一餐的细节，被判死刑的人可以自己挑选的最后一餐。最后一顿最喜欢的饭菜，不管是鱼子酱加香槟，还是双层大汉堡王。"

我正面临着所有家长或早或晚都会面临的两难境地。当然，人们会想维护自己的孩子，为自己的孩子说话，但是又不能做得太激烈，哪怕稍有口才都不行——不能把其他人逼得太紧。中小学老师和大学讲师们虽然会让你说完，但是之后，他们就会报复在孩子身上。也许你拥有本质上更站得住脚的论据——拥有比老师或讲师端出的更为有力的论据并不难，可是最终，孩子会为此付出代价，他们会把在跟家长的舌战中输掉的挫败感转嫁到孩子身上。

"这一点，我们大家都认同，"校长说，"有着健全的理智的正常人，都会觉得死刑很不人道。我不说这个，这一点米歇尔已经阐释得相当好了。我关心的仅仅是这个部分，这里说，也许很不幸地，要将消灭犯罪嫌疑人合法化，在他们被控告之前。"

"我认为自己很正常，也很健全。我也认为死刑非常不人道。但是，我们同时也和不人道的人分享着这个世界。这些不人道的人，难道应该鉴于他们的良好表现就给他们减刑，然后简单地重新放归社会吗？我的观点与米歇尔所指的相同。"

"那人们就可以直接射死他们，或者我们来看看这里还写了什么。"他在作业里翻着，"'把他们扔出窗户'，我想是从警察局十楼的窗户里扔出来。说得轻一点，这在一个法治国家里并不普遍。"

"是的，可是您现在是在断章取义。这里讨论的是最糟糕的一类人，米歇尔写的是关于儿童强奸犯——常年监禁儿童的男人。此处，别的因素也起着作用。在诉讼的过程中，所有这些污秽的东西将被再次呈上，以一个'诚实的诉讼'的名义。可是这会对谁有益呢？

"家长吗？这是个关键问题，而您却避而不谈。当然，一个受过教育的人是不会把人从窗户里扔出去的，也不会在把罪犯从警局押送至监狱的途中，由于疏忽而让枪走火。但是这里讲的不是受过教育的人，而是说那些一旦他们不存在了，每个人都会松一口气的人。"

"对，就是这个。所谓的因疏忽而给嫌疑犯吃颗枪子儿，在警车车厢里，现在我想起来了。"校长把作业放回到书桌上，"这也是您的'建议'之一吗，罗曼先生？还是您儿子一个人想出来的？"

他声音里传出来的东西，让我脖子背后的汗毛都竖了起来；同时我还觉得手指发痒，或者更准确地说，手指发麻。我已经很小心了。一方面，我要为这份作业给米歇尔戴上桂冠——与往常一样，不管怎么说，他都比书桌对面那个散发出堆肥臭味的麻木的脸聪明多了；另一方面，我又必须保护我的儿子免受刁难。他们可能会开除他，我在想，他们可以把他赶出学校。而米歇尔在这儿很开心，这儿有他的朋友。

"我必须承认，他受了一点我对这些个话题的态度的影响，"我说，"我对怎么处置犯罪嫌疑人有我自己的看法。也许我把这些想法，在有意或无意中，强加给了米歇尔。"

校长用审视的眼光看着我，假如可以将一个如此低智商的生物的眼光称作"审视"的话。"刚才您还声明过，绝大部分都是出自您的儿子之手。"

"没错，尤其是说国家执行死刑不人道的章节。"

经验告诉我，跟低智商的人打交道，必须坚决对其撒谎——谎言可以让这笨蛋不用丢脸、全身而退。还有，我真的知道，这篇文章里究竟什么是我的独创，什么是米歇尔的吗？我记得有一次吃饭时谈到一件事，关于一个杀人犯，在服刑期间的一次限时休假中，才刚刚自由没几天，就极有可能又杀了一个人。"这样的人就不该被释放。"米歇尔说。"是不该释放还是都干脆再也不要逮捕？"我问。米歇尔已经十五岁了，我们可以和他探讨几乎所有话题，他对一切都很感兴趣：伊拉克战争啦，恐怖主义啦，近东问题啦——在学校里不会讲到这些事，他认为这些事都被学校冷落了。"你说干脆再也不要逮捕是指什么？"他问道。"嗯，就是这个意思，"我回答，"就是我说的字面意思。"

我看着校长。这个相信全球变暖、相信可以完全消除战争和所有不公的恶心的家伙，极有可能也相信那些强奸犯和连环杀人犯是可以被教化的，如果让心理学家常年对其进行教导的话，他们是可以逐渐重返社会的。

这位到现在为止都是微微向后躺在椅子上的校长，这会儿向前倾过身子，两只前臂——手掌平放，五指分开——放在书桌上。

"如果我没有记错的话，您曾经也当过老师？"他说。

我颈后的汗毛和发麻的手指没有欺骗我：这种低能动物要是面临着在一个话题中输掉的威胁，就会寻找其他的材料，意图得到重视。

"是的，我教过几年书。"我说。

"是在……对吗？"他说了一个学校的名字，一个到现在仍会激起我复杂的情绪的名字，就好像一种病，官方虽已声明痊愈，但是人们自己知道，它还会在身体的另一个部位出现。

"是的。"我说。

"他们让您退休了。"

"这样说并不完全准确。当时，建议是我提出来的，是我希望能休息一阵。之后一切都回归正常了的话，我是想再回到岗位上去的。"

校长连咳了几下，目光转向他眼前的一张纸。"事实是您并没有重新回到岗位上，您已经失业九年了。"

"是退休。我随时都可以在别处重新开始。"

"可是根据这份……寄给我的材料，您是否能再就业，跟您的心理鉴定结果有关哦。决定权不在您这儿哦。"

又是那学校的名字！我感觉到自己左眼下方的肌肉皱在了一起，这虽然没有什么意思，但是别人却可能会把这解释为一种怪癖，所以我装出眼睛里进了什么东西的样子，用指尖揉了揉，可是肌肉似乎抽搐得更厉害了。

"啊，这没有什么好多说的，"我说，"我要再工作，肯定不需要得到心理专家的批准。"

校长又看了一眼那张纸。"这里写的可不一样……这里写着——"

"我可以看一眼吗？"我的声音听上去很尖锐，带着命令的口气，不给人留有一丝反抗的余地。但是校长并没有马上满足我的要求。

"请让我说完，"他说，"几周前，我碰巧和一个之前的同事聊过天，他现在在……工作。我也不知道是怎么说起的了，只记得聊到了现在普遍的教师岗位的工作压力，聊到热情耗尽和压力状况。他提起一个名字，我觉得很熟悉。开始我还想不起来为什么会这么耳熟，后来我突然想到了米歇尔，然后就想到了您。"

"我的热情并没有耗尽，这是一种流行病。而我也并没有觉得压力有多大。"

现在我可以看到，校长的左眼也在抽搐，虽然无论如何也不能把这叫作怪癖，但这确是一种突然无力的标志，甚至更严重——是一种害怕。我并没有意识到，不过也许这是因为我的语气——刚才最后几句话，我是特意加强了语气慢慢说的，比之前的要慢——不管怎样，给校长的警示灯算是亮了起来。

"我并没有断言您得了这种病。"他说。

他的手指在桌子上敲着，而且他的眼睛又一次抽搐了！没错，发生了一些变化，就连他之前陈述关于死刑的站不住脚的理论时有些自以为是的语气，也消失殆尽了。

现在我可以穿透那堆肥的臭气清楚地闻到——害怕。如同一只狗可以闻到害怕一样，我也闻到一种模糊的、发酸的气味，之前并不存在。

我想，在那时我站了起来，我也记不清楚了，脑袋里不知哪儿出现了个盲点，一个时间的断层。我也不记得是不是还讲了更多的话。跟往常一样，我突然站了起来。我从椅子上站起身来，俯视着校长。

之后的事，都跟高度的差异有关，跟校长还坐着，而我俯视着他这一事实有关——我比他突出，也许这样说更准确。校长因他的坐姿而处于不利的地位，所谓的易受伤害的不利地位，这一事实如同一条不成文的法则，如同水由高向低流动，或者，我们回到狗身上。众所周知，狗常年接受主人的喂养，被呼来喝去，连一只苍蝇都不敢伤害，它们是听话的宝贝，可是有一天，它们的主人突然失去了平衡，踉踉跄跄，最终倒地。立刻，狗就跑到他身边，用它们的牙齿咬断他的脖子，之后，它们或许还会将他撕成碎片。这是本能。倒下的就是弱者，躺在地上的就是牺牲品。

"我现在再次请您让我瞧瞧那张纸。"我说，只是出于礼节，手同时指着那张放在他面前、他正用双手盖住的纸。只是出于礼节，因为现在要阻止下面发生的事已经太晚了。

"罗曼先生……"他还在说。然后我一拳打在他脸上，血立刻飙了出来，很多血——从他的两个鼻孔里飙出来，溅到他的衬衫上、书桌上，还有他捂着鼻子的手上。

此时我已经绕过书桌，给了他的脸又一击，这次更用力，他摇摇欲坠的牙齿弄得我的指骨相当疼痛。他嘴里不清不楚地叫了几声，不过我已经把他从椅子上拎了起来。他的喊叫无疑像拉响了警报，在接下来的三十秒内，校长办公室的门一定会被挤破，不过三十秒已经足以产生巨大的破坏了，我想，三十秒对我来说，足够了。

"你这只叫人恶心的脏猪！"我喊道，然后一拳打向他的脸，同时一只膝盖攻向他的下身。可之后发生了我没有料到的事，我没有想到他居然还有力气动弹。我以为，我可以在那些拥进来的老师把我们分开之前静静地把他干掉。他的头闪电一般向上一撞，撞到我的下巴，双手用力紧紧钳住我的小腿，让我一下子失去了平衡，向后倒了下去。"该死的！"我叫道。校长没有立刻向门跑去，而是跑向窗户。没等我挣扎着起身，他已经打开了窗户。"救命！"他向外大叫，"救命！"

可就在此时，我已经来到他身边，抓住他的头发，向后扯着他的脑袋往窗框上撞。"我们还没完呢！"我对着他的耳朵大叫。

校园里有很多人，主要是学生，现在一定正是下课时间。他们所有人都往上看着我们。

我立刻认出人群中一个戴着黑色便帽的男孩。在众多人中认出一张熟悉的脸，是一件能让人感到一丝欣慰、给人些许平静的事。他和一小群人站在一起，在离通向教学楼的阶梯的不远处，其中有几个女生和一个坐在踏板摩托车上的男孩。戴着黑色便帽的男孩脖子上绕着一副动圈式耳机。

我挥了挥手。对此我还有清楚的印象。我向米歇尔挥了挥手，并试着对他笑。我想用挥手和笑容告诉他，也许这一切在外人眼里很戏剧性，但实情并非如此。实情是，我和校长有意见分歧，针对他的——米歇尔的作业，但是解决在望。

41

"是首相的电话，"赛吉说着，把手机塞回口袋里，"他想知道明天的新闻发布会是关于何事的。"

本来我们三个其中任何一个现在都可以问："那你是怎么说的？"然而却是一片沉默。有时人们会让这样的沉默出现——当他们没有兴趣走上摆在眼前的路时。假如赛吉讲了个笑话，以一个问题开始的笑话，那么极有可能出现非常类似的沉默。

我的哥哥望望他那很可能是出于礼貌才一直没被收走的冰激凌。"我对他说，今晚我还不想透露什么。他说他希望不是什么严重的事，比如我要退出选举什么的。他的原话是这样说的：'我真的会为我们俩感到惋惜，如果你现在，在离选举还有七个月的时候，决定放弃的话。'"赛吉试着模仿首相的口音，但是结果很糟糕，听上去更像是模仿过了头的漫画，而非漫画本身。"我实话回答他说，我会再跟我的家人商量这件事，目前保留着几种选择的可能。"

在首相刚上任时，很多笑话并非凭空捏造：关于他的外表、笨拙的举止、无数的口误。不过，这就如同一个习惯的过程，渐渐地人们已经习惯于此，好像地毯上的一块污渍，它已经属于那儿了。如果它消失了，人们反而会觉得奇怪。

"哦，这真是有趣，"克莱尔说，"你还保留着几种选择的可能，我还以为你已经决定好一切了呢，为我们所有人。"

赛吉尝试与他的妻子进行眼神交流，但是她似乎只对她眼前桌上的手机感兴趣。

"是的，我还保留着选择，"他叹着气说，"我希望我们一起做这个决定。作为……作为一家人。"

"像我们一直以来做的一样。"我说。我想起了烧焦的意式通心粉，想到他试图带走我的儿子时我用锅去砸他。不过显然，赛吉的记忆力实在不够突出，因为他脸上正印着由衷的微笑。

"是的，"他说着看看表，"我得……我们现在真的得走了。芭比……账单在哪里呀？"

芭比起了身。

"我们走吧。"她说。然后她转向克莱尔问："你们也一起来吗？"

克莱尔举起她半满的白兰地酒杯。

"你们先走，我们随后就到。"

赛吉向他的妻子伸出一只手。起先我还以为芭比会无视伸过来的这只手，可是她却抓了起来，甚至还给了赛吉整只胳膊。

"我们可以……"他说。他笑笑，不，当他挽住他妻子的肘部时，他几乎在发光。"我们待会儿会马上回到这个话题。我们先去酒馆喝点东西，然后再继续这个话题。"

"好的，赛吉，"克莱尔说，"你们先去吧。我和保罗把我们的酒喝完即刻就来。"

"买单。"赛吉说。他拍拍他的西装上衣，好像要找个钱包或是一张信用卡出来。

"放着吧，"克莱尔说，"让我们来吧。"

然后他们就真的走了。我看着他们向门口走去，我的哥哥挽着他的妻子。当他们经过时，只有一个客人抬起或转过头。显然这也是类似于习惯的过程的东西：只要在一个地方待得够久，渐渐地就不会引起别人的注意了。

从开放式厨房冲出那个穿白色翻领毛衣的男人：托尼奥——无疑，他的证件上写的一定是安东。赛吉和芭比停下脚步。手握过了。侍者已经很快地拎着大衣站了过来。

"他们走了吗？"克莱尔问。

"差不多。"我说。

我的妻子把剩下的酒一口倒进肚里，把一只手放在我手上。

"你得做点事。"她说着，迅速地加大了一下手指上的力量。

"对，"我说，"我们得拦住他。"

克莱尔把我的手指握在手里。

"你得拦住他。"她说。

我看着她。

"我？"我还是说了一声，尽管我感觉到马上就会发生些事——一些也许我没法说不的事。

"你得对他做点什么。"克莱尔说。

我继续看着她。

"做点让他明天没法举行新闻发布会的事。"克莱尔说。

就在此刻，附近某处响起手机声。开始只是小声的哔哔声，之后声音越来越大，连起来是一首旋律。

克莱尔疑惑地看着我。我也看着她。然后我们俩同时摇了摇头。

芭比的手机半掩在她的餐巾下。我先下意识地看了看出口处，赛吉和芭比已经走了。我伸出一只手，不过克莱尔比我还要快一步。

她推开盖子，看了看显示屏上的内容，然后又盖上盖子。哔哔声停了下来。

"博。"她说。

42

"他的母亲现在正好没时间理他。"克莱尔说着，把手机放回了原来的位置，甚至还用餐巾半遮住它。

我什么也没说。我在等，等着看我妻子会说些什么。

克莱尔深深地叹了一口气。"你知道吗？这个……"她没把话说完。"啊，保罗，"她说，"保罗……"边说边向后捋了捋头发。此时她的眼睛里出现了一些潮湿的闪光的东西，不是痛苦或绝望，而是愤怒。

"你知道吗，这个……"我说。我整个晚上都在骗自己说，克莱尔对那些视频的事一无所知，现在还在希望自己是对的。

"博勒索他们。"克莱尔说。

我感到胸口刺进一柄寒剑。我揉了揉自己的脸颊，不想让可能出现的脸红出卖了自己。

"是吗？"我说，"为什么呀？"

克莱尔又叹了口气。她两手握成拳头，敲在桌布上。

"保罗啊，"她说，"我真的很想让你置身事外。我不希望你又……失去自制力。可现在一切都不同了。现在说什么都已经太晚了。"

"为什么他要勒索他们？博？拿什么来勒索？"

餐巾下面传出哔声。这回只有唯一的一声。芭比的手机侧边闪出一道蓝光。很明显是博发来了信息。

"他也在场。至少他是这样说的。他说，他开始是想回家的，可后来又改变了主意，折返了回来，然后就看到他们正从取款机隔间走出来。他说的。"

我胸中的寒冷消失了。取而代之的是一种新的感觉，几乎是幸福感——我得小心别笑出来。

"现在他想要钱。哦，这个假惺惺的混蛋！我一直就……你也是对吧？你觉得他很可憎，你说过的，我还记得很清楚。"

"可是他有证据吗？他可以证明他看到了他俩吗？他可以证明米歇尔和里克扔过油桶吗？"

最后一个问题，我其实是为了自我安慰才问的——所谓的最终确认。

我的脑海里开了一扇门。门开了一条缝，光线透过缝隙穿出来。温暖的光。在这扇门背后，是个幸福家庭的房间。

"不，他没有证据，"克莱尔说，"可是也许他根本不需要证据。如果博去警局指证米歇尔和里克是凶手的话……监视器上的画面固然很不清晰，但是如果他们把它和真人对比的话……我不知道。"

爸爸对此一无所知。你们得今晚做。

"米歇尔不在家，对吧？"我说，"在你刚刚给他打电话的时候，在你不停地问芭比时间的时候。"

克莱尔的脸上浮现出一抹微笑。她又一次拿起我的手握了握。

"我给他打了电话。你们听到了，我给他打了电话。我跟他说了话。芭比是证人，她听得很清楚，我在一个特定的时间跟我的儿子通过电话。他们可以查我手机上的记录，可以看到真的有这次通话，并且可以看到通话持续的时间。现在我们唯一要做的是把家里答录机上的记录删除。"

我看着我的妻子，我的眼里一定充满了赞赏的神情。我甚至不需要费一点力气，我是真的很钦佩她。

"那现在他在博那里。"我说。

她点点头。"和里克一起。不是在博那里，他们约在一个地方。外面的某个地方。"

"那他们要跟博谈什么呢？难道想尝试让他回心转意吗？"

现在我的妻子把我的两只手分别握在她的手里。

"保罗，"她说，"我已经说过，我宁愿你置身事外，可现在我们俩已经没有回头路了。你和我。这关系到我们的儿子的将来。我对米歇尔说过，他得尝试让博恢复理智。如果不成功的话，就做他认为最好的事。我对他说，我甚至不必知道是什么。他的母亲不必一直教他应该怎样做。他已经长大了，也足够聪明，会自己决定了。"

我盯着她，眼神里还是一直充满赞赏，只不过现在是另一种赞赏。

"如往常一样，无论如何，你和我只要事后坚持称米歇尔整晚都在家就行了。"克莱尔说，"而且芭比也可以证明这一切。"

43

我向餐厅主管招了招手。

"我们还在等账单。"我说。

"罗曼先生已经付过了。"餐厅主管说。

也许是我的幻觉，但是我总觉得，他特别享受可以通知我这件事的感觉。他的眼里好像有嘲笑我的意思。

克莱尔翻着她的包，拿出手机，看了一眼，又把它放回了包里。

"这简直让人忍无可忍！"当餐厅主管离开后我说，"他先是抢了我们的酒馆、我们的儿子，现在又是这件事。还有，这什么也说明不了。他付得起账单，什么也说明不了。"

克莱尔先握了握我的右手，然后是左手。

"你只要弄伤他，"她说，"破了相他就不会召开新闻发布会了。或者整断他的胳膊，让他缠上绷带。这样要解释的事情就太多了，即使是对赛吉来说。"

我看着我妻子的眼睛。她刚刚请求我整断我哥哥的手，或者让他破相。这一切都是出于爱，对我们儿子的爱，对米歇尔的爱。我不禁想起几年前，在德国的法庭上，一位母亲射死了杀害她孩子的凶手。克莱尔也是这样的母亲。

"我没吃药。"我说。

"嗯。"克莱尔似乎并不惊讶，用一根手指的指尖轻轻抚着我的手背。

"我是说，已经有一段时间了。我已经几个月没有吃药了。"

是的，在 XY 档案节目播出后不久，我就停药了。我觉得，如果我的情绪一天天减弱的话，我的儿子能够从我这里得到的帮助就更少了——我的情绪和我的反应。如果我想尽我的全力帮助米歇尔的话，那我就必须想办法重新赢回原来的自己。

"这我知道。"克莱尔说。我看着她。

"你可能以为，别人也许注意不到，"克莱尔说，"咳，别人……你的妻子。你的妻子马上就发现了。有些事……不同了。你看我的样子，你对我笑的样子，还有你找不到你的证件时的状态。你还记得吗？你踹了你的书桌抽屉一脚。从那天起，我就发现了。你出门的时候会带上你的药，然后就把它扔在某个地方，对吧？有一次，我从洗衣机里拎出一条你的裤子，口袋处完全被染成了蓝色！是你忘记扔掉的药。"

克莱尔忍不住笑了起来——只一小会儿，然后又恢复了严肃。

"而你什么也没说。"我回应道。

"开始我还想过，他怎么了？可突然，我认出了我原来的保罗。在那一刻我知道，我想要回我原来的保罗，包括踹书桌抽屉的保罗，还有那次，那辆轻骑快速超越你向前疾驶而去，你在后面紧追不舍……"

还有那次，你把米歇尔的校长打得进医院，我想克莱尔接下来会说这个。可是她没有说，她说了别的。

"这才是以前的保罗……我爱的人。这才是现在的保罗，我爱的保罗。超过世上所有事物、所有人。"

她的眼睛里闪着光，甚至连我也觉得这会儿眼睛里在燃烧。

"你，当然还有米歇尔，"我的妻子说，"你和米歇尔我爱得一样深。你们俩是我最大的幸福。"

"是的。"我说。我的声音有点沙哑，有点尖。我清了清嗓子。

就这样，我们沉默着，面对面坐了一会儿，我的手还是一直被我妻子握在手里。

"你跟芭比谈了点什么？"我问。

"什么？"

"在花园里，你们散步的时候。当她看见我的时候，她似乎异常高兴，还叫我'亲爱的保罗……'！你跟她说了点什么？"

克莱尔深吸了一口气。"我跟她说，你会做点事。你会做点让新闻发布会无法召开的事。"

"而芭比觉得没问题？"

"她只想赛吉能赢得选举。让她特别伤心的是，他在来这儿的路上，才在车里告诉她此事，连劝他打消这个疯念头的时间都不留给她。"

"可是刚刚在这里的时候她还说过——"

"芭比很狡猾，保罗。无论如何她都不能让赛吉事后起疑心。也许当她当上了首相夫人，她会给流浪者收容所分汤，但是单独一个流浪者，对她来说和对我们而言，一样无所谓。"

我动了动我的手。我动了动手，让它们从我妻子的手里抽出来，然后包裹住她的手。

"这不是什么好主意。"我说。

"保罗……"

"别急，听着。我是我，我就是我这个人。我没在吃药了，目前只有你和我知道。这种事会炸开来。他们会到处窥探，然后就会查出真相。那个学校的心理专家，我的免职，还有米歇尔学校的校长……这一切都是公开的。更不用说我的哥哥了。我的哥哥会是第一个宣告说这一切他一点都不觉得特别奇怪的人。也许他不会大声宣扬，但是他以前就被他的弟弟威胁过。他那有问题的弟弟，所以他弟弟才必须吃药。而他弟弟却把药扔进了厕所。"

克莱尔没有说话。

"我无法阻止他做任何事，克莱尔。这会是个错误的信号。"

我等了一会儿，我不希望眼皮抽搐。

"如果我那样做，那会是个错误的信号。"我说。

44

大概在克莱尔动身前五分钟，我听到芭比的餐巾下方又传出一声哔哔声。

我的妻子和我，我们俩同时站起身。我挽着她的手，她靠在我身边，我的脸埋进了她的发间。我慢慢地、无声地用鼻子吸着气。

然后我又坐了下来。我看着我的妻子，直到她被迎宾台挡住，消失在我的视线中。

我拿起芭比的手机，打开盖子，看向显示屏。

"两条新信息"。我按下"显示"键。第一条是博的。只有一个词。唯一的一个词，开头没有大写，也没有标点符号——"妈妈"。

我按下"删除"。

第二条信息显示的是留言信箱有新信息。

芭比用的是荷兰皇家电信。我不知道他们收听留言信箱要拨什么号。于是碰运气地随便试了一下地址簿里的M，居然就找到了信箱的号码。实在是抑制不住要笑出声来。

在语音信箱的录音播放完"您有一条新留言"之后，我听到了博的声音。

我仔细听着，其间我闭了一会儿眼，很快又睁开来。我盖上手机盖，没有把芭比的手机重新放回桌子上，而是塞进了自己的口袋。

"您的儿子显然不太喜欢这样的餐厅吧？"

我吓了一大跳，从椅子上跳了起来。

"请原谅，"餐厅主管说，"我并不想吓您。不过我看见您和您的儿子在外面聊天。至少我想，那是您的儿子。"

有那么一会儿，我对他说的话一窍不通，不过立刻就反应了过来。

那个抽烟的男人。那个在餐厅门口抽烟的男人。餐厅主管今晚看见我和米歇尔到过花园了。

我感觉不到恐慌——确切地说，我感觉不到任何东西。

现在我才看到餐厅主管手上托着一个小碟子，里面是账单。

"罗曼先生忘了把单据带走了，"他说，"所以我想拿给他。也许您不久就能见到他。"

"是的。"我说。

"我说我看见了您和您的儿子，"他还在喋喋不休，"是从您的体态，我该说是你们俩的体态，简直是如出一辙。这只可能是父子，我当时想。"

我垂下眼，让视线落在盛着账单的小碟子上。他还在等什么呢？他为什么还不走，还在这儿扯体态的事？

"是的。"我又说了一遍。这并不是对主管的猜测的证实，最多只是礼貌的对沉默的填补。除此之外，我反正也没有再说任何其他的事。

"我也有个儿子，"餐厅主管讲道，"他才四岁。不过有时候我真的觉得很惊讶，他是多么像我。他有些事做得和我简直像是一个模子刻出来的，没有一丝出入。比如我喜欢捻头发，在我无聊的时候或是生气的时候，我就会卷一缕一缕的头发……我……我还有个女儿，三岁，她则跟她妈妈像一对双胞胎。在所有的事情上都是。"

我从碟子里拿出账单，看了看总价。我现在不会去议论人们可以用这些钱来做些别的什么，也不去谈一个普通人为挣到这些钱必须打多少天工——不算被那只罩着白色翻领毛衣的乌龟逼迫在开放的厨房里洗几周的盘子。那个数目本身我就不说了，我只说那是一个可以让人哈哈大笑的数额，而我就这样做了。

"我希望，您过了一个愉快的夜晚。"餐厅主管说——可是他还没有走开。这会儿他用指尖快速地触了一下空碟子，在桌布上把它向前推了几厘米，举起来，又放下。

45

"克莱尔？"

这是我今晚第二次推开女士洗手间的门叫她的名字，可是没有人回答。外面不知何处传来了警车的警笛声。"克莱尔？"我又叫了一遍。向里走几步，经过插着白色水仙花的花瓶，然后得出结论：所有的马桶间都没人。当我经过衣帽间和迎宾台、向门口走去时，我听到了第二声警笛。穿过树丛，我能看到蓝色的灯光在平民酒馆处闪烁。

赶紧跑过去是最自然的反应——但是我没有这样做。不过我却感受到了心脏所在之处有一些沉重、一些抑郁：我感到一种压力，不过我已经准备好了。胸中的抑郁是因为心里的明确：该来的总归要来。

我的妻子，我想。

开始跑起来的巨大诱惑重新升起，为了上气不接下气地到达酒馆——那里的人一定会把我拦在门外。

我会喘着粗气叫，我的妻子！我的妻子在里面！

就是这幅我想象中的关于酒馆门口的事故的画面，放慢了我的脚步。我来到通向那座桥的石子路。从我踏上石子路的一刻起，我就已经举步维艰，从我的鞋子和石子擦出的咯咯声，从每两步之间的间隔就能听出来——我在以慢动作的速度挪动。

我一只手扶着桥上的栏杆，停住了脚步。蓝色的光倒映在我脚下黑暗的水面上。这会儿透过树丛，对面街的酒馆清晰可见。人行道上、平台前，斜斜地停着三辆警车、一辆救护车。

只有一辆救护车。不是两辆。

这样静静地观察这一切——好像它们彼此之间毫无关联——并得出我的结论，真是惬意。此时我的感觉跟以前经常在紧急关头时（克莱尔被送进医院时；赛吉和芭比试图把我儿子带走却最终失败时；我看到监视器里的画面时）有的感觉一样：我感受到了，是又一次感受到，我可以很镇定而有效地应对这一切。

我望向侧面，餐厅的入口处，此时已经聚集了几个女侍者，显然是警笛和蓝光激起了她们的好奇心。我是说，在她们当中也有那位餐厅主管，因为我看见一个穿西装的男人点燃了一支烟。

起先我以为，站在餐厅门口的人也许无法辨认出我的存在，然而我又想到了几个小时前，我看得相当清楚，米歇尔骑着车从桥上经过的样子。

我得继续往前走，不能再站着不动了，否则之后就会有一个女侍者做证说，桥上站着一个男人。我不能冒这个险。"这很少见。他就这样站在那儿。我不知道这个信息对你们是否有用。"

我从口袋里掏出芭比的手机，把它举到水面上方。被扑通的一声吸引，一只鸭子游了过来。然后我放开桥上的扶手，继续前行。不再是慢动作的速度，而是以一种尽可能自然的速度：不是太慢，也不是太快。

在桥的另一侧，我越过自行车道，看了看左边，然后继续向有轨电车车站走去。酒馆附近已经聚集了一些围观的人，在这么晚的时间也没有一大群，最多二十个好事者。酒馆左边有一条狭窄的小巷，我就朝着那巷子走过去。

还没等我走到人行道，酒馆的弹簧门就开了，并发出两声巨大的拍打声。从里面出来了一个担架，一个带轮子的担架，四名医护人员两推两拉。最后一名护工高高提着一个塑料输液袋，后面跟着芭比，她的眼镜已经摘掉了，正用一张手巾压在眼睛上。

担架上的人只看得到一个头，从绿色的被单下伸出来。其实在这整段时间里我都知道，不过现在还是松了一口气。那个头用棉花和纱布包着——带血斑的棉花和纱布。

担架通过打开的车尾门被送进了救护车。两个医护人员先上车，另两个跟在担架后面，跟芭比一起。车尾门关上了，救护车从人行道上向右一转，往市中心的方向急速驶去。

救护车警报器响起，也就是说，还有希望。

也许又恰恰没有，这总是取决于你从哪个角度看待。

我没有很多时间来思考接下来的事，因为弹簧门又开了。

克莱尔被两名警察夹在中间走出来，她手上没有戴手铐，警察还没有逮捕她。她看看周围，在那一小群人中搜寻着，搜寻着一张熟悉的脸。

然后她找到了。

我看着她，她看着我。我向前走了一步，至少我的身体透露出我想向前一步的意愿。

在那一刻，克莱尔摇了摇头。

她向我发出信号，叫我什么都别做。她已经快走到一辆警车前了，第三个警察正为她把着后门。我很快看了看周围，想看看人群中有没有人注意到克莱尔是在对谁摇头，然而他们所有人都只对那被押上警车的女人感兴趣。

走到警车开启的后门前，克莱尔定了一会儿，她在找寻着并最终找到了我的眼睛。她的头动了动，对不知情者来说，这看上去就好像她只是为了低下头钻进车里，只有我知道，克莱尔的头显然是偏向一个特定的方向。

就在我的斜后方，对着那条小巷，那条回家最近的路。

回家，我的妻子说了，快回家去。

我没有等警车开走，而是立刻转身走掉了。

小　费

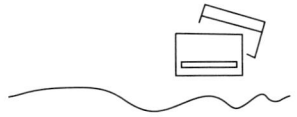

在一个人们一看到账单就会哈哈大笑起来的餐厅，该给多少小费呢？我记得，这是我们经常讨论的一个话题，不一定只是和赛吉、芭比讨论，还有其他跟我们一起在荷兰的餐厅里用餐的朋友。我们来设想一下，一顿四人餐要四百欧元——请注意，我现在并不是说我们的这顿是四百欧元，小费按百分之十到十五的比例来算，那么按照逻辑就得留下最少四十欧元、最高六十欧元的小费。

六十欧元的小费啊——我实在忍不住，哧哧地笑。如果不注意的话，我又会大笑起来。这是有点神经质的笑，如同在葬礼上或是教堂里，在这些本该保持安静的地方。

但是我们的朋友们从来不笑。有一次，一个很好的女性朋友在一家类似的餐厅里用餐时说："这些人得靠这个生活呀！"

在我们要去餐厅用餐的那天早上，我取了五百欧元出来，打算付了全单的，包括小费。我打算在我的哥哥瞅准机会递出他的信用卡之前，很快地在那个小碟子里放上十张五十欧元面值的钱的。

那晚，当我后来在小碟子里放上了剩下的四百五十欧元时，餐厅主管开始还以为我理解错了。他说了些不知所云的话。谁知道呢，也许他是想说百分之百的小费实在太高了，然而我走到他面前，对他说："这是给您的……只要您向我保证，永远不把看到我和我的儿子在花园里的事情说出去。永远。不光是现在，不光是一周以内，也不光是一年之内。是永远！"

赛吉输了选举。一开始选民中还不乏一些人，对这位面孔整得叫人恶心的候选人还怀有一定的同情。一只葡萄酒杯——一只快碎到杯柄的葡萄酒杯，我真得说——造成的伤口是很罕见的。特别是这些伤口很少能愈合，而且会产生很多息肉和光秃秃的地方，在这些位置，原来的脸是再也回不去的了。头两个月内，他接受了三次手术。最后一次术后，他留了一阵胡子。现在，当我再去回想，我觉得那胡子就是转折的开始。他披着风衣，站在广场上、在工地上、在工厂门前，发放传单——留着他的胡子。

在选举预测中，赛吉·罗曼之星戏剧性地陨落。几个月前看起来还像是已经赢了的比赛，现在却变成了自由落体。选举前的一个月，他又把胡子刮掉了，这真是绝望的最后一幕。选民们看到了带伤疤的脸，也看到了那些光秃秃的地方。一张带伤疤的脸可能给一个人造成的损失，是令人极为诧异的，某种程度上也是不公平的。人们看到这些光秃秃的地方，就会不自觉地问自己，这些地方之前曾经是什么呢？

当然无疑是胡子，给了他致命一击的胡子。或者更准确地说：是先被留出来，然后又在已经太晚了的时候被刮掉了的胡子。赛吉·罗曼不知道自己想怎么样，这就是选民们得出的结论，而他们会把选票投给他们熟悉的人——如同地毯上的污渍。

赛吉当然没有起诉，没有控告他的弟妹，他弟弟的妻子，因为这不是个好兆头。

"我想，他现在已经明白了，"酒馆的意外发生几周后，克莱尔这样说，"是他自己说的：他希望我们作为一家人一起来解决这件事。我想，他已经明白，有些家丑就是不可外扬的。"

不过赛吉和芭比还有其他的事够他们烦的，比如贴寻人启事找他们的养子博。他们把这事搞得很大，在各大报纸杂志登照片，在城市乡村贴海报，在电视里播放寻人启事。

最近的一次节目中播放了一条新闻，博在失踪前给他妈妈的手机语音信箱留过言。芭比的手机是找不回来了，不过这个信息也被封锁了，即使它现在的意义已经不同于那个共进晚餐的夜晚。

"妈妈，不管发生了什么……我只想对你说，我爱你……"

几乎可以这样断言，为了把博找出来，他们都已经快把天地翻转过来了，不过也有人质疑。第一个猜测博也许是受够了他的养父母、回到他的出生地去了的是一份周刊。"这种情况在他们处在'叛逆的年纪'时是会出现的，"那份周刊这样写道，"这时，收养的孩子就会踏上寻找亲生父母之路。或者至少他们会产生对自己家乡的好奇心。"

另一张报纸为这个意外贡献出了一整版，其中第一次公开讨论了这样的问题：如果要找的是自己的亲生子女，父母们会不会花更大的投入呢？另外还举出了养父母决定对走上邪路的子女不管不问的例子。这些问题，人们经常会将其归因于各种外部因素，比如人们无法在异国的文化中扎根，就被称作最重要的因素。跟着是基因方面的因素，即所谓的从生身父母那里继承来的"天生缺陷"。假如是到了一定的年龄才被领养的孩子，那么他们在被领进新家之前可能经历过的事，也会被归为因素之一。

我想到在法国的那几天，想到在我哥哥的花园里举办的聚会。当博因为偷鸡被那些法国农民抓住之后，赛吉说，他的孩子是不会做这种事情的。他的孩子，他说，没有做出任何分别。

我又不禁想到动物收养所。当人们把那里的一只狗或一只猫领回家时，他们也不知道它们究竟曾经经历过些什么，它们有没有被打？或者有没有整天被关在黑暗的地下室里受苦？但这都没关系。假如这只狗或猫不服帖的话，人们就会把它再送回去。

文章的结尾还提出了这样的一个问题：亲生父母是不是不会那么快就对不受自己控制的孩子不再抱希望。

我知道它的答案，但我还是先把它递给了克莱尔看。

"你怎么看？"在她看完后我问她。我们坐在厨房的小餐桌旁，两人之间摆着剩下的早餐。阳光洒进花园，照在餐具柜上。米歇尔在踢足球。

"我经常问自己，如果他们真的是有血缘关系的亲戚，博还会不会勒索他的弟弟和他的堂兄弟。"克莱尔说。"当然不会啦，人们都知道的，真正的兄弟姐妹是会吵架，有时甚至会希望永远也不要再见到对方，但是……当真的有事发生的时候，当关系到生死的时候，他们还是会互相帮助的。"

克莱尔听了，笑了起来。

"怎么？你笑什么？"我问。

"啊，我好像突然听到自己在说话，"她说，并且还一直在笑，"关于兄弟和姐妹的事，那不正是我对你说过的话吗？"

"是呀。"我回答道，跟着也忍不住笑了起来。

我们沉默了一会儿，不时地看看对方。作为丈夫和妻子，作为一个幸福家庭的两个组成部分。当然发生了一些事，在前一段时间我越来越经常地想到海难。一个幸福的家庭是能够在海难中幸存下来的。我不是要说，这个家庭在经历过海难之后会变得更幸福，但无论如何幸福也不会减少。

克莱尔和我。克莱尔、米歇尔和我。我们三个人一起分享，分享一些以前没有过的事。虽然我们不是所有的事都三个人一同分享，不过也许这也没必要。人们不需要相互知道对方的所有事，秘密不会成为幸福的绊脚石。

我想到我们用餐的那天晚上最后发生的事。在米歇尔回到家之前，我一个人在家待了一段时间。在我们的客厅里有一个复古的带抽屉的柜子，是克莱尔用来存放她的东西的。在我拉动第一个抽屉时，我就已经感到我是在做一件自己事后会后悔的事。

我又不禁想到克莱尔住院的那段时间。有一次，医生要给她做一个身体内部的检查，我也去了。我坐在她床边的一把椅子上，紧紧抓着她的手。在他们不知从哪儿给我妻子插入一根东西的时候——一根皮管，一根探针，还是一个镜头——医生要我也一起看监视器，而我只是很快地看了一眼，就急忙把视线瞥向旁边。这跟我忍受不了那些画面或是害怕自己会昏过去没什么关系，不，不是这个原因，是别的。我是在想，我没有看的权利。

当我发现自己在找什么的时候，我又想停止了。最上面的一个抽屉里，是克莱尔再也不戴了的太阳镜、扎头发的皮筋和耳环。但在第二个抽屉里却躺着一些文件：一个网球俱乐部的会籍资料，一份自行车保险的保单，一张过了期的停车证，还有一个带透明方窗的信封，透过窗子可以看到左下角是一家医院的名字。

是克莱尔动手术的那家医院，也是米歇尔出生的那家医院。

"羊水测试。"我从信封里抽出来的纸上用大写的字母印着这几个字。下方不远处是两个小方框，一个后面写着"男孩"，另一个写着"女孩"。

后面写着"男孩"的方框被打上了钩。

第一件闪电般穿过我脑子的事情是：克莱尔已经知道我们会有一个男孩，可是她从未告诉过我。更气人的是：直到生产前一天，我们还在想女孩的名字。男孩的名字，早在几年前，在克莱尔还没有怀孕时，我们就已经确定了，就叫"米歇尔"。不过女孩的话，我们还在"劳拉"和"尤利娅"之间徘徊。

在那张纸上，还有很多手填的数据。我也多次看到了"好"字。

纸的下方有一个大小约为五乘三厘米的方框，标题为"异常"。这一栏被填得满满的，与前面填写数字和在"男孩"一栏处打钩的笔迹出自同一个人，不过却看不懂。

我开始阅读，但马上又停了下来。

这回不是感觉自己没有权利。

不，是别的。我真的非知道不可吗？我在想，我真想知道吗？这会让我们的家庭更幸福吗？

在那一栏手写的段落下方，还有两个小一点的方框。后面分别写着"决定人：医生／医院"和"决定人：父母"。

"决定人：父母"一栏被打上了钩。

决定人：父母。那儿写的不是"决定人：父／母"或者"决定人：母"。那儿写的是"决定人：父母"。

当我把那张纸塞回信封里，再把信封重新放回过了期的停车证下方时，我在想，这将是两个我从现在开始会挥之不去的词。

"决定人：父母。"在合上抽屉时我大声说。

在米歇尔出生后，所有人，包括克莱尔的父母和一些直系亲属，都说他和我简直就是一个模子里刻出来的。"一个翻版！"米歇尔在客厅里刚被从摇篮里抱起来时，就有一个来访的人叫起来。

连克莱尔也忍俊不禁，她不可否认，米歇尔跟我实在是太像了。直到他长大了一点，人们才能够好心却十分费劲地从他脸上找到一点他妈妈的影子，主要是眼睛，还有鼻子和上唇之间的部分。

一个翻版。在我把抽屉重新合上之后，我听取了答录机里的留言。

"哈啰，我亲爱的！"我听到我妻子的声音在说，"你怎么样？不觉得无聊吗？"在接下来的沉默里，可以清楚地听到来自餐厅的各种声音：混合的人声，一个盘子叠在另一个盘子上面的声音，等等。"不，我们只是再去喝杯咖啡，过不了一个小时，我们就到家了。你还有足够的时间收拾收拾。你吃的什么呀……"

又是一阵沉默。"是的……"沉默。"不……"沉默。"是。"

我了解我们家的答录机的操作。按下 3，就会将信息删除。我的拇指已经在 3 的位置了。

"待会儿见，亲爱的，亲一下。"

我按了下去。

过了半个小时，米歇尔回到了家。他吻了一下我的脸颊，问，妈妈在哪儿。我说，她会晚点回来，我待会儿会跟他解释。我注意到，米歇尔的左手指骨处破了皮。他跟我一样是左撇子。他的手背上是凝固了的血。现在我才把他从头到脚打量了一遍。左眼眉骨处，我也看到了血迹，夹克上粘着表面已经变干了的污泥，白色的运动鞋上还有更多的污泥。

我问他事情怎样了。

他告诉了我。他告诉我，视频网站上的《黑衣人Ⅲ》已经拿下来了。

我们还一直站在门厅里。在讲述的过程中，米歇尔停顿了一下，看着我。

"爸爸！"他说。

"嗯？怎么了？"

"现在你又那样了。"

"什么？"

"站在那儿笑。我第一次跟你讲取款机的事的时候，你也是这样。你还记得吗？在我的房间里，在我讲到台灯的时候，你开始笑，讲到油桶的时候你还在笑。"

他望着我，我也望着他。望着我儿子的眼睛。

"而现在你又站在那儿笑，"他说，"要不要我继续讲下去？你肯定想知道一切吧？"

我没说话，只是看着他。

然后米歇尔向前一步，伸出双手绕着我，把我拉近他身边。

"亲爱的爸爸！"他说。

您可以在以下网站搜索到所有关于荷曼·柯赫的消息

——www.hermankoch.com——

图书在版编目（CIP）数据

命运晚餐 /（荷）荷曼·柯赫（Herman Koch）著；
朱雁飞译. — 长沙：湖南文艺出版社，2018.8
书名原文：The Dinner
ISBN 978-7-5404-8776-8

I.①命… II.①荷… ②朱… III.①长篇小说－荷
兰－现代 IV.①I563.45

中国版本图书馆 CIP 数据核字（2018）第 137547 号

著作权合同登记号：图字 18-2018-078

THE DINNER by Herman Koch
Copyright © 2009 by Herman Koch
Published in agreement with Shared Stories Agency, through The Grayhawk Agency Ltd.

上架建议：畅销·外国文学

MINGYUN WANCAN
命运晚餐

作　　者：[荷] 荷曼·柯赫
译　　者：朱雁飞
出 版 人：曾赛丰
责任编辑：薛　健　刘诗哲
监　　制：蔡明菲　邢越超
策划编辑：刘宁远
特约编辑：汪　璐
版权支持：辛　艳
营销支持：张锦涵　傅婷婷　文刀刀
版式设计：利　锐
封面设计：尚燕平
出版发行：湖南文艺出版社
　　　　　（长沙市雨花区东二环一段 508 号　邮编：410014）
网　　址：www.hnwy.net
印　　刷：三河市鑫金马印装有限公司
经　　销：新华书店
开　　本：880mm × 1270mm　1/32
字　　数：202 千字
印　　张：9.25
版　　次：2018 年 8 月第 1 版
印　　次：2018 年 8 月第 1 次印刷
书　　号：ISBN 978-7-5404-8776-8
定　　价：45.00 元

若有质量问题，请致电质量监督电话：010-59096394
团购电话：010-59320018